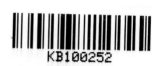

우리는
이별에
서툴러서

우리는 이별에 서툴러서

이별해도 다시 살아가는 사람들

최은주 소설

LATTE

목차

* 일러두기

이 책에 나온 에피소드와 지명은 실제와는 무관합니다.

나의 아버지

이별을 준비한다. 헤어지기로 한 날 서울에서 가까운 교외로 나가 바람을 쐬기로 했다. 승용차 조수석에 앉으면 꽤 할 일이 많다. 운전자가 졸리지 않도록 말을 걸어 주고, 라디오를 켜거나 끄고, 내비게이션이 가리키는 길도 한 번씩 확인해 보면서 창밖 풍경도 놓치지 않는다. 그러나 오늘은 창밖을 바라보는 것밖에 할 수 있는 게 없다. 서로 말을 걸지 않았고 이 침묵을 깨는 건 어색함에 틀어놓은 라디오 소리뿐이었다.

안경 너머로 보이는 깊게 파인 눈가 주름, 조금 처진 어깨, 작은 상처들이 흐릿해진 손등, 모자를 썼어도 그려지는 삭발한 지 얼마 되지 않은 머리. 난 아버지와의 이별을 준비한다.

지방에서 서울로 올라와 직장생활을 시작한 지 3년이 되었다. 혼자 살면서도 요리를 잘 해 먹는 사람들도 있지만 나는 아니었다. 나는 퇴근길이면 어떤 배달음식을 먹을지 아니면 어떤 음식을 포장해서 자취방으로 들고 들어갈지 고민하는 사람이었다. 오늘은 매운 닭발과 주먹밥을 포장해 와 자취방에서 눈물, 콧물 흘리며 먹었다.

밀린 빨래도 해야 하고, 쌓여 있는 설거지도 해야 하지만 어느새 스르르 잠이 들었다. 할 일도 잠도 항상 쌓여 있었다. 한참을 자고 있을 때 휴대폰이 울렸다.

'벌써 아침인가, 알람….'

그러나 눈을 떠 보니 여전히 진한 밤이었고 켜져 있는 텔레비전 빛으로 바라본 시계는 새벽 1시를 가리키고 있었다. 다시 눈을 비비고 휴대폰을 보니 아버지에게 전화가 오고 있었다.

'이 시간에 무슨 일이지?'

"여보세요."

잠 속 어딘가를 헤매다 나온 메마른 내 목소리에 이어 흐느끼는 소리가 났다.

'뭐지?'

"아버지, 무슨 일이세요?"

"난 네 아버지가 아니야."

"네?"

"난 네 아버지가 아니야. 나는 스님으로 살고 싶어."

무슨 의미인지 알 수 없었다. 그러나 아버지가 울고 있었다. 그리고 전화가 끊겼다. 무언가 끊어져 버렸다. 다음 날 출근은 했지만 아무것도 손에 잡히지 않았다. 회의 시간에도 사람들 말소리가 멀게 들리는 듯했고 밥을 먹어도 배가 부르지 않았다. 허한 기분을 지우지 못했고 길을 걷다가 뜻 모르게 눈물을 흘렸다.

전화를 받은 이후 나는 줄곧 혼란스러웠다. 무슨 의미인지 받아들이지 못하고 있었고 그러는 동안에도 아버지는 나를 떠날 준비를 하셨다. 아버지는 나에게 진심으로 털어놓았던 것이다.

'아버지가 곧 나를 떠난다. 나는 엄마라는 사람에게 한 번, 아버지에게 또 한 번 버려진다.'

내가 두 살인가 세 살 무렵에 아버지와 어머니는 이혼했고 그 여자는 그렇게 나를 떠나 버렸다. '엄마 없음'은 물론 힘이 들었지만 할머니와 아버지가 그 빈자리를 채워주려고 항상 노력했다. 엄마는 없어도 아버지는 있으니까 반쪽의 든든함으로 살아왔다. 지방으로 대학을 갔을 때 아버지는 한 달에 한 번씩은 학교 근처로 와서 맛있는 고기를 사 주셨다.

"네가 밥벌이를 해야, 내가 독립하지."

그 말은 지금을 위한 것이었는지도 모른다.

"스님이 되어도 퇴근하면… 그래 퇴근하고 집에 오면 되잖아요."

"몇 개월 공부하시다가 집으로 돌아오시면 되는 거 아니에요?"

방법이랄 것이 생각날 때마다 아버지에게 전화해서 만류해 보았지만, 출가의 개념은 그런 게 아니라는 대답만 돌아왔다. 출가라는 단어를 사전에 찾아보기도 했다. '번뇌에 얽매인 세속의 인연을 버리고 성자의 수행 생활에 들어감.' 아버지는 나와의 번뇌를, 나와의 인연을 이제 놓는다는 것이다.

사람들과 나누었던 대화가 생각난다. 내용은 이랬다. 아는 사람의 아는 사람의 아는 사람의 아버지가 자신을 찾지 말라는 쪽지 한 장 남기고 하루아침에 사라졌다고 한다. 영문을 몰랐던 가족과 친척들은 무슨 일이라도 생긴 줄 알고 경찰서에 실종신고를 했고, 백방으로 찾아다녔단다. 그런데 친척 중 한 명이, 어느 날 절에 갔다가 승복을 입고 있는 한 승려가 사라진 친척이라는 것을 알아차렸다. 당연히 승려에게 다가가서 아는 체를 하고 그의 가족에게도 연락해서 사라진 아버지가 여기 있다고 말했단다. 그런데 그 아버지는 또다시 자신을 찾지 말라며 다음 날 절을 떠났다. 그 후로 가족과 친척들이 전국의 절들을 돌아다니며 아버지를 찾아보았지만 더는 찾을 수 없었고 그렇게 아버지를 떠나보냈다나. 얼핏 들었던 내용이라 맞는지 모르겠지만 세상에 그런 비정한 아버지가 어디 있느냐며 흘려들은 것이었다. 나의 이야기인 줄도 모르고.

스님이 되겠다는 아버지를 떠나보내기까지 조금의 시간이라도 있다는 것에 감사하며 살아야 하는 것인지, 이제 스님이 되면 아버지로서의 연을 끊겠다는 황당하고 진지한 이별 통보를 받아들일 준비만 하면 되는 것인지. 이게 무슨 신파야.

즐겨 듣던 심야 라디오에 사연을 보내기도 했다. 당시 왕십리에 살던 나는 '왕십리 최양'으로 사연을 보냈고, 라디오 디제이들이 내 사연을 읽어 주었다. 하지만 나보다 더 출가의 세계를 모르는 그들은 힘내라는 말로 흐지부지 끝을 냈다. 힘내라고. 더~럽게 힘이 된다.

내가 이런 의미 없는 일을 하고 또 아무것도 하지 못하는 1년 동안 아버지는 조금씩 출가 준비를 했다. 승적하기 위해서는 몇 가지 서류가 필요했고 그 서류들을 준비하셨다. 얼마 전에는 통장 하나를 나에게 건넸다. 지방에 방 두 칸짜리 집은 얻을 수 있을 만한 숫자들이 보였다.

둘이서 마지막 여행이라도 가자는 아버지의 제안에 나는 화가 나기도 하고 쓸쓸하기도 해서 아무 대답도 할 수 없었다.

교외로 드라이브를 가기로 했다. 평소 아버지와 자주 갔었던 경기도 양평 양수리로 정했다. 아버지는 혼자 살면서 필요한 거 없냐고 함께 장을 보자고 했다. 나는 대답하지 않았다. 스님이 되면 어느 절로 가는지 물어봤다. 아버지는 대답하지 않았다. 서로 묻기만 하고 대답은 없었다.

나의 아버지를 떠나보내기 3일 전. 이별카페를 찾았다. 양수리에 있는 2층으로 된 한옥카페였다. 이곳은 '정말로' 이별을 앞둔 사람에게만 자리를 내어 준다고 한다. 검색해보니 젊은 연인들도 중년 부부도 이별을 위해 이곳을 찾는 사람들이 많았다. 이곳에서 이별을 앞둔 마지막 만남을 가지고, 그리고 카페에서 위안을 얻었다고 한다.

이별 후 위안.

아버지와 이별하는 마지막 날. 이 카페에 오기 위해 양수리에 와야겠다고 생각한 것이다. 아버지와 함께 양수리에 왔을 때에 발견했었지만 이별카페라는 게 마뜩잖아 그냥 지나치기만 했다. 평소에는 관심도 주지 않았는데 나는 왜 이곳이 생각났을까.

아버지와의 이별이 다가올수록 나는 점점 화가 났다. 이런 이별은 이해하기 어려운 것이었다. 아버지는 속세를 떠난다. 나를 떠난다. …나는 혼자가 된다. 그것만이 서럽고 뼈저린 사실이었다. 아버지 자신도 모르게 아버지 얼굴에 떠오르는 옅은 미소는 이미 내게서 마음이 떠났다는 걸 증명해 주었다. 죽을병이라도 걸려서 헤어지게 된다면 그 편이 오히려 이해하기 쉬울 것 같았다.

당장 3일 후면 아버지라고 부르던 존재가 하루아침에 사라진다는 게 실감이 나지 않았다. 주변 사람들에게 아버지의 부재를 어떻게 설명하면 좋을지 몰랐다. 아직도 마음의 준비가 필요해서 오늘 이곳에 왔다. 3일 후에 아버지와 헤어지게 될 이곳에서 미리 이별을 준비한다. 조금은 연습이 되겠지. 조금은 정리가 되겠지. 조금은 편해지겠지.

이별카페의 내부 모습이 눈에 들어오기 전, 향이 먼저 맡아졌다. 절 냄새 같기도 하고, 진하게 달이지 않은 한약 냄새 같기도 하고, 새벽녘 절에 온 것 같은 기분이 되었다. 맙소사, 지금의 나에게 새벽녘 절 냄새라니. 아니 복숭아향 같으면서 장미향 같기도 하고, 어디 유명한 브랜드의 향인 것 같았지만 확실히 알 수가 없었다. 들어서는 순간 미간을 찌푸렸지만 은은한 향은 긴장되고 굳어 있는 내 마음을 살짝 녹이기에 충분했다.

야외 테라스에 세 자리가 있었고, 카페 문을 열고 들어서면 왼쪽에는 카운터, 오른쪽에는 넉넉한 사이즈의 책장이 있었다. 책장에 꽂혀 있는 것들은 일반적인 책은 아니었다. 연월만 표시되어 있어 눈길을 끌었다. 정면으로는 1인 테이블 하나와 4인 테이블 서너 개, 네 명이 나란히 앉아 창가를 바라볼 수 있는 바 형태의 자리도 마련되어 있었다. 손님은 아무도 없는 줄 알았는데 창가 끝에 한 여성이 차를 마시고 있었다. 이곳에 나뿐만이 아니라는 사실에 작게 안심이 되었다.

카페 사장님에게 고개를 약간 숙이며 인사를 했고 2층 자리로 올라가려고 했는데 계단이 없었다. 1층과 2층은 분리된 다른 가게인가. 빈자리는 많았지만 1인 테이블에 앉았다. 앉아서 가만히 주위를 둘러보니 테이블마다 작은 사이즈의 티슈 갑이 있었다.

사장님이 메뉴판과 함께 노트 한 권을 건네어 주셨다. 들어오면서 봤던 연월만 쓰여 있던, 아 이별노트였다. 색색의 펜이 들어 있는 작은 필통도 주셨다. 노트에는 일기처럼 긴긴 이야기를 남긴 사람도 있고, 작은 말풍선에 한마디 말을 남기거나 이별과 관련된 시를 필사하듯이 옮겨 놓은 사람도 있었다. 이런 글들이 내게 와닿을 때가 있구나.

아이스 바닐라 라떼를 시켰다. 한겨울에도 찬 음료를 시킬 만큼 찬 음료를 좋아하기도 하고 이별에도 에너지가 필요하니까 달달한 게 적당하다고 생각했다.

사장님은 내 또래처럼 보였다. 생각보다 상당히 젊은 얼굴을 보고 왜 이별카페를 운영하는지 궁금해졌지만 묻지 않았다. 이 카페는 문을 열고 닫는 시간이 주인의 마음대로라고 한다. 그래서 사람들은 진짜 이별을 맞이하는 이들에게만 이 카페가 열린다고 말하기도 했다. 이별의 순간을 위해 이곳을 찾았지만 카페가 오픈하지 않았으면 '아, 아직은 이별할 때가 아니구나' 하며 돌아선 사람도 많다고 들었다. 그렇다면 나는, 조명이 환히 밝혀져 있고 사장님이 반겨 주었던 나는, 틀림없이 이별이 오고 있는 것이다.

카페 벽면에는 여러 가지 그림이 있었다. 여러 그림이지만 한 작가가 그린 듯했다. 자유로운 드로잉 기법으로 이어서 이어서 그린 그림이었는데 그 형태가 마치 수많은 괴물들이 모여 있는 지옥의 풍경 같았다. 그러나 조금 웃겨 보이기도 해서 무섭다거나 괴기스럽게 느껴지지만은 않았다. 아이스 바닐라 라떼와 주문하지 않은 딸기타르트가 함께 나왔다.

"저 타르트는 주문 안 했는데요?"

"커피값에 포함되어 있어요."

"아… 감사합니다."

메뉴판에는 디저트에 대한 내용은 전혀 나와 있지 않았는데, 이것도 이 카페의 이벤트인가 싶었다. 어쨌든 기분이 아주 조금, 그래 아주 조금 좋아지고 말았다. 달달한 걸 먹으니 마음이 한결 밝아졌다. 커피를 곁들여 타르트를 먹고 있자니 잠시 후 커플로 보이는 남녀가 들어왔다.

그들은 따뜻한 아메리카노를 두 잔 주문하고 자리를 잡았다. 주문한 커피가 나왔을 때 이번엔 디저트가 포함되어 있지 않았다. 두 사람의 분위기가 무거워서 조금 더 지켜보기로 했다. 남자는 말이 없었고, 여자가 조금씩 말을 걸었다. 그래도 남자는 말이 없었고, 그래도 여자는 말을 걸었다. 대화는 도무지 이어지지 않았다. 남자의 시선은 여자에게 향하고 있지 않았다. 창밖을 바라보는 것도 아니라 '어딘가'에 애매하게 초점을 두고 있었다.

"더는 안 될 것 같아."

남자가 말했다. 여자는 소리를 삼키며 눈물을 흘렸다. 그 눈물은 테이블에 있던 티슈가 닦아 냈다. 지켜보던 나 또한 숨을 죽였다. 가방에서 빈 노트를 꺼내서 괜스레 무언가 적는 척을 했다. 남자가 다시 말을 했다.

"가자."

남자와 여자는 같이 일어나서 밖으로 나갔다. 여자는 여전히 울고 있었고, 남자는 그런 그녀에게 시선을 주지 않고 앞서 걸어갔다. 이별의 모습이었다.

나는 아버지와 헤어지고 절대 같이 나가지 말아야지. 이별을 통보받고 너무 초라하잖아.

두 사람 다 커피 한 모금도 마시지 않았다. 이 카페에 들어온 건 그저 이별을 위한 과정일 뿐이었다. 두 사람의 상황은 알 수 없지만 일어서는 순간까지 눈물을 멈추지 못했던 그 여자를 다독여 주고 싶었다. 아무 말 없이 안아 주고 싶었다. 아 왠지 눈물이 곧 떨어질 것 같아 커피를 있는 힘껏 쭉 빨아들였다.

'아, 이 카페 커피 진짜 맛있네.'

이런 순간에도 커피는 맛있었다. 이제 다시 창가 자리에 앉은 한 여자와 나 그리고 사장님, 각자의 시간이다. 창가 자리에도 타르트는 놓여 있지 않았다. 그녀는 약간씩 흐느끼며 눈물을 훔치는 것 같았다. 나는 우습게도 다른 사람의 슬픔이 궁금했다.

타르트는 손님 모두에게 주는 것이 아니라 경우에 따라 다르다는 것을 느꼈다. 저 사람도 나처럼 헤어짐을 준비하기 위해 온 사람일까. 나는 순간 여기에 온 이유를 자각하고 아까 꺼내 둔 노트에 적을 준비를 하였다. 그 마음이 비장해서 나는 다시 가라앉았다.

동그라미 1번. '결혼할 때 누구 손을 잡고 들어가지?'라고 적었다. 겨우 이 질문이 1번인가 싶으면서도 인생 전체에서 아버지가 가장 함께 있어야 할 순간이라 여겨졌다. 대신 들어가 줄 사람도 없지만 대신할 수도 없을 것이었다. 나는 혼주석이 모두 비어 있게 되지만… 내 손을 잡고 새로운 미래에 기운을 실어 주는 일은 아버지만이 할 수 있었다. 생각할수록 아버지가 해 주었으면 하는 마음이 간

절해졌다. 하지만 이제 그 자리는 빈자리로 둔다.

2번 동그라미를 치고 '아버지의 부재를 어떻게 설명하지?'라고 썼다. 적어도 정말 가까운 사람에게는 설명이 필요했다. 나는 아버지를 이해하지 못했어도 그들이 아버지를 이해할 수 있도록 도와야 했다. 그래 그래야 한다.

동그라미 3번. '연락처를 물어보아야 하나.' 분명 알려주시지 않을 것이다. 그런데 그러다가 정말로 아버지가 필요한 순간이 오면 어떻게 하지.

한숨을 한 번 내쉬고 다음으로 넘어갔다.

동그라미 4번. '아버지와 관련된 물건들은 어떻게 할까.' 아버지를 생각나게 할 그동안 함께 찍었던 사진들, 사 주신 옷이나 액세서리, 심지어 꿀, 쥐포, 초콜릿, 견과류까지. 언젠가 마음 정리가 완전히 되면 개의치 않게 처리할 날이 올 것이다. 지금은 그렇지 못하더라도.

그러면서 생각했다. 아버지는 정말 나의 아무것도 갖고 가지 않으실까. 아무것도 개의치 않으실까. 선물을 사 드리려고 해도 한사코 사양하셔서 생신 때에도 식사 한 끼 함께하는 게 다였다. 어찌 보면 챙겨 갈 게 없을지도 모른다.

다섯 번째 동그라미. '나는 이제 어떻게 하지.' 물건들은 처리하면 그만이지만 마음은. 엄마 없는 반쪽짜리 사랑이었다 하더라도 무척이나 따뜻했다. 그 사랑이 없어진다는 것은 유일하게 의지했던 온기가 사라진다는 것이어서 나는 불안했다. 친구들에게 툭 터놓고 말해 볼까. 이런 나를 이해해 줄까. 나의 상황을 이해할 수 있을까. 그들에게 완벽하게 이해받지 못해도 나는 괜찮을까. 자신이 없었다.

정말 나는 어떻게 하지.

주문한 아이스 바닐라 라떼를 그새 다 마시고 얼음 몇 개만 남았다. 아이스 아메리카노 한 잔을 더 주문했다. 그 때,

"저, 죄송한데 이별노트 제가 먼저 써도 될까요?"

"아, 네, 쓰세요."

창가에 앉아서 혼자 훌쩍이던 여자분이 내게 와서 이별노트를 가져갔다. 이분은 나보다 먼저 이별을 하려나 보다. 이제 마음이 정리되었나 보다.

그분이 떠난 자리에 빈 커피잔과 노트가 남아 있었다. '태어나지도 못한 내 아이, 지켜주지 못해서 엄마가 정말 미안해.'

아. 아이를 잃었구나. 아메리카노가 얼마나 쓰게 느껴졌을까. 아픔이 컸을 텐데도 홀로 담담하게 이별의 시간을

가진 여자분의 마음. 비교할 수 없는 아득함이 느껴진다.

아이스 아메리카노가 나왔다. 이번엔 머랭쿠키도 함께였다. 머랭쿠키 작은 것을 한 입 먹어 보니 달달한 솜사탕 맛 같기도 한 게 이번에도 기분이 조금 나아지는 걸 느꼈다.

3일 후 아버지와 오면 어디에 앉을지 고민해 볼 차례다. 구석진 곳에 창가가 보이는 4인 자리가 좋을 것 같았다. 사람들의 시선도 피할 수 있고 어떤 말을 하더라도 다른 사람에게는 들리지 않을 거리감이 느껴졌다. 그 자리에는 입구와 카운터 쪽이 보이지 않아 카페 주인의 시선도 피할 수 있었다.

화장실은 카페를 나가서 오른쪽 건물에 들어가 반 층만 내려가면 있다고 했다. 헤어지는 일이 끝이 나면 화장실을 다녀오겠다고 하며 나가 버려야지. 마지막이라며 애달프게 바라보고 싶지는 않아. 이미 아버지는 출가한다고 말한 순간부터 미소를 머금고 있는 듯 보이고 나는 그 모습조차 힘이 들었다. 그 미소는 너무 많은 감정을 가져온다. 그래, 그게 좋겠어.

카페에서 흘러나오는 음악은 가사는 있었지만 귀에 쏙쏙 들어오지는 않았다. 통기타만으로 연주되는 곡으로 그

잔잔함조차 이 카페와 어울렸다. 우스워 보이던 벽면의 그림들이 이제는 슬픈 눈을 하고 있었다.

카페 문을 열 때 나는 작은 방울 소리가 들렸다. 방울 소리와 함께 두 명의 여자가 들어섰다. 딱 보아도 엄마랑 딸이다. 내게는 없는 관계. 내가 여기 온 이유를 망각하고 그들을 관찰하게 된다. 엄마로 보이는 나이 든 여자는 미소가 없다. 나이가 어려 보이는 여자는 안색이 더 창백하다. 바라보는 내가 더 슬퍼질 만큼 고독해 보이는 얼굴들이었다. 이들이 하는 이별은 어떤 이별일까. 조금 더 용기 내어 관찰해 보기로 했다. 이별 예행연습을 온 거니까 이별하는 사람들을 관찰하는 것도 필요하다.

누가 먼저 이별을 말할까. 카페 사장님이 메뉴판을 전했다. 나이가 어려 보이는 여자는 아메리카노를 주문했고, 중년의 여성은 유자차를 주문했다. 사장님이 이번엔 타르트를 가지고 나타나실까. 두 사람의 목소리가 너무나 작아서 이야기는 분간하기 어려웠고, 그마저도 음악 소리에 자주 묻혀 버렸다. 어떤 이별일까.

사장님과 가볍게 눈인사를 하고 이별카페를 나가려고 손잡이를 잡았다. 손잡이에 작게 쓰여 있는 문구가 보였다. '헤어지는 중입니다.' 그래요, 곧 올게요. 헤어지러.

3일 동안 더는 마음의 준비를 하지 못했다. 직장일로 정신없길 바랐다. 아무것도 생각나지 않을 정도로 바빴으면 했다. 하지만 업무는 평소보다 순조로워 오히려 무엇 하나 나를 도와주지 않는 기분이었다. 억지로 야근이라도 하려고 했지만 이것도 못 할 짓이다 싶어서 거리로 나왔다. 앞에 보이는 길을 무작정 걸었다.

5월을 가정의 달로 정한 사람은 누구일까. 어버이날, 스승의날, 성년의날을 앞두고 가판대에는 카네이션과 장미 등 다채로운 꽃들이 진열되어 있었다. 어떤 이들은 5월이 되면 돈 나갈 일이 많다고 하던데. 나의 월급과 가정의 달은 전혀 상관이 없어 보인다. 우습게도 이전에도 그랬고 앞으로는 더욱 그렇게 된다. 5월은 푸른가? 5월은 짠하다. 찡하다. 짠내 난다.

다리가 아파서 절뚝거릴 정도가 되어서야 다시 되짚어 집으로 향했다. 아무 생각 없이 걸으려고 해도 신호등마다 멈추어 섰다. 신호등 너마저도 도와주지 않았다. 나는 내내 초라해졌다. 초조하고 불안하고 숨쉬기가 답답해졌다. 담배를 피우고 싶었다. 술을 마시고 싶었다. 하지만 그런다고 채워질까. 집으로 돌아와 피곤에 지쳐 잠이 들었다.

요즘 들어 달라진 내 모습을 보며 직장 동료들은 이유

를 묻지도 못하고 눈치를 살피는 게 보인다. 그 모습에 미안해지기도 하지만 지금은 그저 나를 놔두었으면 좋겠다. 왜 그러냐고 물어보면 누구든 때리고 싶었다. 길을 걷다가 '도를 믿으십니까'와 같이 나의 의지와는 상관없이 다가오는 사람을 만나면 비명이라도 꽥 지르고 싶었다. 비라도 왔으면 했다. 청승맞게 비를 맞다가 정신 나간 듯 춤을 추고 싶었다. 하지만 3일 동안 왜 그러냐고 묻는 사람도 없었고, '도를 믿으십니까' 하고 묻는 사람도 나타나지 않았고, 비도 내리지 않았다.

헤어지는 날 아버지는 자취방으로 나를 데리러 오셨다. 여전히 미소를 머금고 있었고 삭발한 머리에 모자를 쓰고 있었다. 너무 현실적이다. 너무 잔인하다. 나와 헤어진 후여도 좋았을 텐데, 굳이 오늘 삭발을 하고 나타난 아버지가 야속하게만 느껴졌다. 어느 오락실에나 있던 두더지 잡는 게임처럼 아버지 머리를 망치로 탁탁 두들기고 싶었다. 오늘 나는 아버지를 아버지라고 불러도 될까.

괴로움은 왜 나의 몫인 거야.

더는 아버지를 보고 서 있을 수가 없어서 차에 올라탔다. 그렇게 차에서 바깥을 내다보며 아버지의 시선을 피할 수 있었다. 화가 나고 심장이 심하게 뛰었다. 이별여행이고 뭐고 그냥 가 버리라고 소리치고 싶었다.

'오늘이 마지막이야, 오늘이 마지막.'

차는 이미 정해진 장소를 향해 달려갔다. 차 안의 공기도 내 안의 마음도 터질 듯이 답답했다. 양수리에 다다르자 문이 닫힌 이별카페가 보였다. 오늘 오픈을 안 하는 건가, 아니면 아직은 이별할 때가 아니라는 건가. 아냐 조금 후에 오면 열려 있겠지. 나는 오늘 진짜 이별하거든.

"점심 뭐 먹을까? 너 좋아하는 파스타랑 피자 먹으러 갈까?"

아버지가 침묵을 깨며 말했다. 평상시 같으면 그랬겠지만 오늘은 그러고 싶지 않았다.

"추어탕 먹으러 가요."

아버지와 마지막으로 먹는 메뉴는 다시는 먹을 거 같지 않았다. 어떻게 해서든 아버지와 연관된 것들과는 단절되고 싶은 마음이니까. 최대한 아버지가 떠오르지 않는 편을 택해야 한다.

양수리에 오면 맛있다고 자주 갔었던 추어탕 집이 있었다. 추어탕 집은 적당하게 사람이 차 있었고 손님도 일하는 분도 적당히 바빠 보였다. 방 한 곳을 안내받아 들어가자 추어탕이 끓여져 나오는 커다란 냄비와 개인용 작은 뚝배기가 상 위에 놓여졌다. 제피가루와 몇 가지 양념통들이 보였고 몇 가지 반찬들이 연이어 나왔다. 추어탕이 어느 정도 끓자 아버지는 내 뚝배기를 가져가서 추어탕을 덜어 주셨다. 이렇게 흔하고 당연한 풍경에도 마지막이 있었다.

뜨거운 걸 잘 못 먹는 편이라 마음과는 다르게 다 먹기까지 시간이 조금 걸렸다. 원래는 두세 번씩 덜어서 든든히 먹었던 추어탕이지만 한 번 정도 떠먹고는 숟가락을 내려놓았다. 입맛이 별로 없었다.

아버지는 추어탕에 밥까지 말아서 남김없이 드셨다. 그 모습을 보고 있자니 울화통이 치밀어 올랐다. 아버지를 바라보며 시시때때로 몰려드는 감정은 나 혼자서 오롯이 견뎌야 했다. 고된 감정들이 온통 나의 몫이었다. 나는 서둘러 밖으로 나가 이별카페로 시선을 보냈다. 불이 켜진 건지는 잘 보이지 않았다.

"좀 걷자."

햇빛은 내 마음도 모르고 따뜻했다. 왜 햇살은 모두에게 공평한 거야, 왜 모두에게 따뜻한 거야, 하고 투정했다. 자전거 도로가 아닌 곳으로도 자전거를 탄 사람들이 지나

다녔다. 자전거가 너무 가까이 지나가며 내 팔꿈치에 부딪히는 걸 보고 아버지는 나를 길 안쪽으로 걷게 하셨다. 이러한 배려도 왠지 아득하게만 느껴졌다.

오늘이 지나면 나는 가족이 없다. 아버지 한 분이 내 곁을 떠난다는 건 수많은 단어들이 이제는 힘을 잃는 것이다. 이혼으로 엄마라는 사람이 떠나고 할머니마저 돌아가신 후에는 아버지만이 가족이라는 울타리가 되어 주었다. 나는 왜 미리 준비하지 못했을까. 아버지는 몇 번이고 언질을 주었던 것 같은데. 난 왜 바보처럼.

느티나무 앞에 다다랐다. 연핫도그가 유명한 곳이라 입가에 설탕 범벅을 하며 핫도그를 먹고 있는 아이들이 여기저기 보였다. 아이의 입가를 엄마로 보이는 사람이 휴지로 닦아 주고 있었다. 나도 핫도그 먹으면 입 주변에 설탕, 케첩 범벅인데. 나도 아직 보살펴 줄 손길이 필요한 것 같은데.

카페가 두세 군데 보였다. 두물머리 풍경을 보기 좋게 카페는 통유리로 되어 있었다. 카페에 앉아서 차를 마시는 사람들은 지금 우리 둘을 어떻게 바라볼까. 맞아요, 우리 지금 헤어지는 중이에요. 이별카페는 지금 열렸을까. 여기저기 사진 찍느라 분주해 보이는 사람들을 보니 조용한 이별카페가 그리웠다.

남한강과 북한강의 두 물줄기가 합쳐지는 곳이라고 해서 양수리라 불렸고 두물머리라는 지명도 거기서 나왔다. 400년 수령을 자랑하는 느티나무와 황포 돛배로 경치가 아름답기로 유명해서 TV 드라마나 영화의 배경으로 자주 등장했다. 셀 수 없이 많은 사랑 이야기가 오고 갔지만 오늘로서는 이별의 장소이기도 하다. 적어도 나에게는.

조금 더 걷다 보니 여행객들이 줄을 서서 무언가 기다리고 있었다. 강물을 배경으로 한 액자 모양 포토존이었다. 나도 이곳에서 사진을 찍은 적이 있었다. 사진 찍고 싶은 장소를 발견하면 나는 휴대폰의 카메라를 켜서 아버지에게 넘기곤 했다. 나는 뛰어가서 포즈를 취했고 아버지는 연신 찰칵찰칵 촬영 버튼을 눌렀다. 손으로 브이 자를 하는 게 지겹지도 않냐는 말에 얼굴에 꽃받침도 해 보고 햇빛을 가리는 척 이마에 손도 대 보고, 양팔 벌려 하늘을 끌어안듯이 포즈를 취하기도 했다. 아버지와 나의 여행은 매번 그랬다.

커플처럼 보이는 남녀가 방금 액자 모양 앞에서 사진을 찍었다. 엄지와 검지를 비틀어 작은 손하트를 만들고 활짝

웃고 있는 그들. 그 사랑은 영원할까. 나는 남의 사랑에 잣대를 대어 본다.

작은 나무 그늘에 이젤이 여러 개 놓여 있었고 연예인 캐리커처들이 전시되어 있었다. 그리고 한 쌍의 중년 부부가 캐리커처의 모델이 되어 그림을 기다리고 있었다. 무척이나 사이가 좋아 보였다. 그 사랑은 영원할까. 또다시 남의 사랑에 잣대를 대어 본다.

귓전을 윙윙 울리는 소리를 내며 드론 한 대가 날아들고 있었다. 저 멀리서 한 남자가 드론을 조종하고 있다. 저 드론이 찍는 영상에 아버지와 내가 함께 걷는 모습이 찍힐까. 어릴 적에는 비행기나 헬리콥터가 지나가는 것만 봐도 손을 흔들곤 했다. 아버지 곁에서 나는 "안녕" 하고 하늘을 향해 인사했다. 비행기나 헬리콥터에서는 우리가 보일 리 만무하지만 우리는 그것들이 반가웠다. 하지만 오늘은 고개를 숙였다. 오늘의 아버지와 내 모습은 그 어디에도 기록되지 않았으면 좋겠다.

한동안 벤치에 앉아 사람들이 오고 가는 것을 바라봤다. 아버지 품에서 휴대폰 벨이 울렸다. 무슨 스님이라고 뜬 화면을 곁눈질로 보는데 아버지가 벤치에서 일어나 거리를 두셨다.

멀어진 이대로 도망이라도 가면 어떻게 될까.

아니야. 마주하자. 직면하자.

날은 어느새 어두워졌고 가로등이 하나둘씩 불빛을 밝혔다. 이별카페로 가는 길. 나란히 걸어가는데 아버지의 오른발이 나갈 때 나도 오른발이 나가고 있었다. 아버지의 왼발이 나갈 때 나 역시 왼발이 나간다. 뒷짐을 지고 걷는 우리 두 사람. 그림자마저 닮아 있다. 우리는.

이별카페는 불이 환히 켜져 있었다. 카페 안으로 들어서자 사장님과 눈이 마주쳤다.

'맞아요, 오늘 헤어지러 왔어요.'

사장님은 다 안다는 듯한 눈빛을 주었다. 1인 테이블에는 먼저 온 여자 손님이 노트북을 펼치고 무언가 하고 있었다. 우리는 구석진 창가 자리로 갔다. 내가 안쪽 자리에 앉고 아버지는 바깥 자리에 앉았다.

이윽고 커피가 나오고 피할 수 없는 둘만의 시간이 되었다. 그냥 아버지와 같은 거로 시킨 아메리카노에서는 따뜻한 김이 피어오르고 있었다. 이 잔이 모두 비워지면 그땐 헤어지게 된다. 마지막 순간이 되면 가슴이 더 주체할 수 없을 줄 알았는데 이상하게도 차분해지고 있다.

아버지는 미안하다고 하시겠지. 그럼 나는 괜찮다고 해야 할까. 그 말은 지금 괜찮다는 말이 될까. 앞으로 괜찮아질 거라는 말이 될까. 생각보다 침묵이 길어졌다. 내가 먼저 말을 꺼내야 하나.

침묵은 이어지고 드디어 난 바라는 게 없어졌다. 화장실 가는 척 도망갈 차례였다. 그러나 다리에 힘이 실리지 않았다. 한결 가벼워진 마음과는 달리 몸은 늘어지고 기운이 없었다. 내가 할 수 있는 최선의 말을 꺼냈다.

"가세요."

"뭐?"

오히려 되물으셨다. 다시 한번 힘을 내 말했다.

"가세요."

내 시선은 대놓고 창밖을 바라보지도, 그렇다고 용기 있게 아버지를 바라보지도 못했다. 카페 벽면 그림 어딘가에 시선을 두며 더는 바랄 수도 없고 바라서도 안 된다는 걸 알았다. 그리고 생각보다 아버지의 대답은 가볍고 빨랐다.

"집은 어떻게 가려고?"

"알아서 갈게요."

내 대답도 간단했다. 그러나 상대방의 엉덩이가 의자에

서 떨어지지 않는다. 커피에서 나는 김마저 멈춘 듯했다. 음악도 들리지 않았다. 언제 깨어질지 모르는 얇게 언 강가에 한 발자국, 한 발자국 내딛는 기분이었다.

이윽고 상대방이 몸을 일으켰다. 이를 악물었다. 그림자도 보지 않을 거야, 뒷모습은 절대 쳐다보지 않을 거야, 절대로 뒤돌아보지 않을 거야. …정말 가시는구나. 이제 정말 끝이구나. 앞이 적막했다. 빨려 들어갈 듯 형이상학적인 궤도를 그리고 있는 벽면의 선들이 마구마구 움직이는 것처럼 보였다.

덜컹, 카페 문소리가 났다.

하아. 숨을 내쉬었다. 그래, 끝났다. 그분이 차를 끌고 퇴장할 때까지 조금 더 자리에 머물기로 했다.

이별카페에서 이별했다. 생각보다 이별은 간단했고, 머리가 복잡하지도 눈물이 마구 쏟아지지도 않았다. 오히려 더 덤덤해지고 몸에 가득했던 체증이 풀리는 느낌이었다. 자리에서 일어났다. 이별노트를 써 볼까, 생각했지만 쓸 말이 없었다. 카페 사장님에게 인사하고 나가려는데 사장님이 급히 나를 붙잡는다.

"남자 손님분이 이걸 맡기고 가셨어요."

"네?"

콜택시 번호가 적힌 종이 한 장, 오만 원짜리 지폐 한 장, 그리고 메모 한 장이었다.

'고맙다 연주야.'

토해내듯이 울음이 쏟아져 나왔다. 종이들을 한데 모아 손에 움켜쥐고 울었다.

미안했다.

사실은 미안했다.

눈물이 주저 없이 흘러내렸다. 말하지 못했다. 말하지 못한 게 많았다. 급히 아버지의 차를 찾아보았지만 주차장은 차 한 대 없는 공터가 되어 있었다.

이제야 나는 마음껏 소리를 지르며 울 수 있었다.

심장이 토막 날 것 같았다. 아버지에게 밥상 한 번 차려드린 적이 없었다. 함께 살았을 때에는 내가 아주 어렸을 때라 나는 돌봄을 받는 대상이었다. 주로 할머니가 나를 돌보셨고 아버지는 일 때문에 일주일에 한 번 정도 얼굴을 볼 수 있었다. 단순히 나랑 놀아 주지 않는다는 생각에 미워하기도 하고 본체만체하는 날들도 많았다. 어쩌면 먼저 등을 돌렸던 건 나였는지도 모른다.

대학교나 대학원을 다니면서 자취생활을 할 때에도 바

쁘다며 맨날 밖에서 사 주시는 밥을 얻어먹었고, 직장생활을 할 때에도 아버지를 만나는 날에는 당연한 듯 외식을 하곤 했다. 단 한 번도 아버지께 밥상을 차려 드려야겠다고 생각하지 못했다. 생신날 미역국 한 번 끓여 드린 적이 없었다는 흔한 생각이 이제야 나를 뒤덮는다.

아버지는 언제부터 스님이 되고 싶었을까. 스님이 되고 싶어 하는 마음을 알아채지 못했다. 외면하고 있었을지도 모른다. 아버지의 길을 같이 응원해 주지 못하는 작은 사람이어서 미안해요. 바닥에 주저앉아 소리 내어 울었다. 감사하게도 아버지는 마지막까지 자신의 역할에 충실했다. 다 큰 딸이 집에 돌아갈 것을 걱정해 남겨 두고 간 마음들. 고맙고 죄송했다.

"아버지 미안해요."

그때 누군가 내 등을 다독여 주었다. 천천히 고개를 들어 보니 1인 테이블에 앉아 노트북 작업을 하던 여자분이었다.

"괜찮아요. 괜찮아요."

그녀는 조용하지만 힘 있는 목소리로 말해 주었다.

카페의 시간은 멈춘 듯했다. 주인은 보이지 않았고, 나를 다독여 주신 분과 나뿐이었다. 어느새 까만 밤이었다. 시간이 얼마나 흘렀는지 알 수 없었다. 이별은 예행연습이란 것이 필요 없었다. 충분히 슬퍼할 시간이 필요할 뿐이었다.

마음속 미움 하나가 사라졌다. 이상한 일이다. 이별했고 이제 혼자 돌아가야 하는 건 달라지지 않았는데 그렇게 꽉 막혀 있던 마음에 살랑, 바람이 통했다. 미운 감정 하나가 떨어져 나갔다. 나는 정신을 가다듬고 다시 이별했던 그 자리에 앉았다. 아니, 그냥 앉았다.

"감사합니다."

감사의 마음을 전했다. 그분은 제 몫을 다했다는 듯 나에게 미소를 한 번 보이고 카페를 나섰다. 그 배려 또한 감사했다.

"차 나왔습니다."

어느샌가 나타난 사장님이 물 한 잔과 수제차, 이별노트를 테이블에 놓아 주셨다. 아무 일도 없다는 듯, 아무것도 모른다는 듯 웃으면서 차를 내미시는데 그 마음 또한 감사했다.

"저 안 시켰는데요."

"노트 작성하시면 차 한 잔 무료예요."

"아, 네…."

물 한 잔을 그대로 벌컥 마셨다. 이별에는 수분이 필요하구나. 사장님이 새로 내어 준 자몽차를 마셨다. 따뜻했다. 입안에서 자몽 알갱이가 하나하나 씹히며 따뜻함이 날 달래 주었다. 못한 말들이 두서없이 떠올랐다. 떠나는 사람에게 나는 너무 불편한 감정들만 주고 말았다.

오늘까지는 아버지라고 불러도 괜찮겠지. 아니 내게는 둘도 없는 멋진 아버지니까 평생 아버지라 불러도 그건 괜찮은 거겠지. 나에게 아버지가 아픈 이름으로 남지 않기를 바란다. 아버지는 나에게 사랑이다.

이별노트에 정말로 내가 하고 싶었던 말, 그 말을 적었다.

'내 아버지여서 감사했습니다. 사랑해 주셔서, 함께해 주셔서 감사합니다.'

미소가 새어 나왔다. 분노와 혼란이라는 단어가 내 마음속에서 사라진다. 새롭게 시작하고 싶어진다. 노트를 이리저리 넘겼다. '모두 혼자가 된다.' 그렇네. 나는 나의 이별 페이지를 펴고 다시 적었다. '나는 아버지와 이별했다. 오롯이 혼자인 나와 마주했다. 모두 혼자가 된다.'

"사장님, 지난번에 왔을 때 타르트와 머랭쿠키는 왜 주신 거예요?"

"손님이 계속 주위를 살피시더라구요. 대개 이별하러 오신 분들은 마음의 여유가 없어서 주변을 돌아보지 못해요. 손님은 시간이 있어 보였고 인생의 달콤함 하나 알려 주고 싶었어요."

"그럼 오늘은?"

"이별하러 온 게 보였어요. 정말로 이별이 왔을 때는 감정에 충실한 게 좋죠."

사장님은 사람 좋은 웃음을 지어 보이신다. 다음에 카페에 또 오게 되면 이별노트를 조금 더 자세히 보고 싶어졌다. 세상의 이별들을 조금 더 선명하게 볼 수 있을 것 같다. 아이러니하게도 사람들의 이별에서 분명 보고 느낀 것이 있었다. 그래 맞다, 위로받았다.

"또 와도 되나요?"

내가 해 놓고도 이상한 질문이다.

"네, 언제든지 오세요. 쿠폰 만들어 드릴까요?"

쿠폰에는 이별카페라는 이름 대신 한옥카페만이 그려져 있었고, 눈까지 함박 웃고 있는 사람 좋은 미소가 있었다. 다시 오고 싶어졌다. 그때는 이별하지 않더라도 누군가를 기억하게 말이다. 카페를 나오며 숨을 깊게 들이마셨다가 오래 내쉬었다.

'이제 나의 집으로 가자.'

이별이 다가올수록 나는 점점 화가 났다.
이런 이별은 이해하기 어려운 것이었다.

남자는 말이 없었고, 여자가 조금씩 말을 걸었다.
그래도 남자는 말이 없었고, 그래도 여자는 말을 걸었다.

차는 이미 정해진 장소를 향해 달려갔다.
차 안의 공기도 내 안의 마음도 터질 듯이 답답했다.

아버지의 길을 같이 응원해 주지 못하는
작은 사람이어서 미안해요.

오래된 낡은 습관 같은

커피가 식어 간다. 한 모금. 한 모금. 준엽과의 지난 시간을 곱씹어 본다. 중요하지 않은 시시콜콜한 이야기들까지 서로에게 들려주고 싶어 하던 사랑스러운 날들이 있었지만 이제는 입을 다물어 버렸다.

어디서부터 문제였을까.
어디서부터 엇갈린 걸까.
나도 너도 모르는 사이에 우린 이만큼 멀어져 버렸다.

한 마디의 주고받음도 없이 각자 다른 곳을 바라보며 식어 버린 커피 같은 각자의 마음을 헤아려 본다.

스무 살, 대학교에 입학하여 처음으로 떠난 학과 엠티에서 준엽이를 만났다. 1박 2일 엠티에서 우리는 같은 조였고 흑기사를 자처하며 내 술을 마셔 주던 모습에 나는 너에게 빠져들었다. 낯선 상황에 어리바리하고 있는 나를 너는 선뜻 도와주었다.

우리는 자연스럽게 연애를 시작했고 늘 붙어 다녔다. 모두의 부러움을 받고 있다고 느껴졌다. 대부분의 수업도 같이 들었고 꼭 잡은 손은 떨어질 줄 몰랐다. 준엽이가 입대했을 때에도 나는 고무신을 거꾸로 신지 않고 기다렸다. 어떤 친구들은 요새 군대 간 남자 기다리는 여자가 어디 있냐며 소개팅을 해 주려고도 했지만 나는 거절했다. 그것은 죄짓는 기분이었다. 그것이 준엽이 너에 대한 도리라고 생각했고 굉장히 멋진 여자가 된 느낌이었다.

너는 제대한 후 얼마 되지 않아 워킹홀리데이로 2년 동안 호주로 떠났고 나의 기다림은 2년이 더해졌다. 나는 그동안 졸업을 하고 곧바로 작은 회사에 취직했다. 조금이라도 빨리 학자금 대출을 갚으려 애쓰기만 했던 시기였다. 너와 영상통화라도 하는 시간이 내겐 유일한 낙이었달까. 멀리 떨어져 있어도 마음은 변하지 않는다는 게 힘이 되었다.

회사 다니는 게 힘들 때면 언제나 준엽이 너를 생각했

고 그것만으로도 조금 기운이 난다는 게 좋았다. 넌 나한테 그런 존재였다. 우리 언젠가 결혼하게 되면 나에게 더없이 소중한 너와 언제나 함께 있을 수 있겠지.

너는 학부를 마치고 대학원에 들어갔고, 나는 또 기다려야 했다. 그만했어야 했을까. 그쯤에서 말이야. 하지만 나는 오히려 결혼은 천천히 하더라도 먼저 같이 살자고 제안했다. 흔들릴수록 더 꽉 잡고 싶었다. 이 제안이 나에게는 대단한 용기가 필요했는데 너는 그마저도 거절했지. 나는 왜 이렇게 바보 같았을까.

스물아홉 살 가을.
나는 내 삶이 행복한 적이 없었다는 걸 깨달았다.

나에게는 어제도 오늘도 기다림으로 점철된 하루들이었다. 내일도 크게 다르지 않을 거라는 생각에 난 멍해지고 말았다. 준엽이 너의 경험을 통해 대리만족을 할 수 있어서 좋은 점도 있었다. 나는 늘 가난해서 이 자리에밖에 있지 못했지만 너는 자의는 아닐지라도 군대로, 완벽한 자의로 워킹홀리데이와 대학원으로 자유로이 날아가는 듯이 보였다. 항상 어디론가 떠나 버릴 것 같았고, 나는 어렴풋한 불안감을 늘 가지고 있었다.

나는 물질적으로 심리적으로 모두 안정적인 삶을 원하는데 너는 항상 변화로 가득한 삶을 살고 있었다. 준엽아, 나는 이제 뭐라도 해야 할 거 같거든. 스물아홉이라는 나이가 나를 더 불안하게 해서 견딜 수가 없다. 그래서 나는 드디어 헤어지자고 말했지.

준엽이는 나를 붙잡았다. 대학원 생활을 마치고 곧 취직해서 같이 살자고 했다. 그때까지만 기다려 달라고. 사랑하니까 기다려 달라고. 너는 왜 기다려 달라고 하는 걸까. 나는 또 널 기다리기로 했다.

동갑내기 친구들은 결혼하고 이제는 대부분 아기도 낳았다. 친구들 SNS에는 온통 아기 사진인데 풍경과 음식 사진밖에 올리지 못하는 내가 초라했다. 내가 좋아하는 사진을 올린 건데도, 내 사진들은 아기 사진을 올릴 수 없어서 차선으로 선택한 것들 같았거든. 그러면서도 사랑하니까 기다려 달라는 말을 계속 떠올렸다. 그 말은 정말 기뻤다.

준엽이가 취업을 하면서 차를 사고 나니 우린 정말 어

른의 연애를 하는 것 같았다. 뚜벅이 생활이 줄었고 우리 사이의 떨림도 줄었다. 그래도 의리가 있지. 그때까지만 해도 우리의 미래에 대한 희망을 완전히 놓지는 않았다.

그런데 사람은 한순간에 지쳤다는 걸 아나 봐. 나는 어느 날, 너를 사랑하지 않는다는 걸 알았다.

그러고 나니 너의 마음도 보였다. 너도 날 사랑하지 않았던 거야. 준엽이 너는 내게 해 주지 못한 게 많고 기다리게 한 시간이 길어서 그저 미안했던 거야. 미안함, 그건 사랑이 아니야. 사랑하는 게 아니야.

12년 동안 연애하면서 이제까지도 사랑 타령인 내가 우습게 보였을지도 모른다. 나는 지금 사랑하고 있지 않고, 사랑받고 있지 않았으니 늘 사랑이 하고 싶었던 거였다. 나는 늘 사랑이 필요했다. 나 없이도 늘 바쁜 사람 말고, 나 없이도 미래가 꽉 찬 사람 말고, 나와 시간을 공유해 줄 사람이 필요했어.

나의 마음을 조금은 헤아려 주려는 사람이 필요했어.

오늘 우리가 이별할 거라는 걸 직감했다. 아마 우린 헤어질 거야. 그래서 이곳 이별카페를 찾게 되었다.

다른 사람들은 헤어질 때 그동안 서로에게 사 주었던 것들을 다시 돌려준다고 하는데 우리는 주고받은 게 너무 많았다. 내 일상 자체가 곧 너였다. 너는 작은 상자 하나로는 정리할 수 없는 사람이라. 그래도 커플링을 빼는 일 하나는 할 수 있겠지. 너무 오래 반지를 끼고 있어서 약지 손가락에는 반지 자국이 그대로 남아 있었지만. 마지막 날에도 너는 커플링을 계속 끼고 있더라. 준엽이 너는 다시 시작하자고. 다 네 잘못이라고 했다. 다시 한 번만 기회를 달라고.

바보 같은 준엽아. 우리는 아주 오래전에 깨진 사이야. 깨진 그릇 같은 사이. 너의 마음도 나의 마음도 담아낼 수 없는 그런 사이. 너도 버릇처럼 잘못했다고 말하는 것뿐이지. 다시 시작해도 그 마음은 곧 깨진 이 사이로 빠져나가게 될 거야. 우리는 그런 거야. 오래된 낡은 습관 같은 거.

너는 조금만 기다려 달라고. 네가 더 준비가 되면 그때 결혼하자고 했지만… 그런데 준엽아, 나 너랑 결혼하면 행복할까?

실은 너를 닮은 아기를 꼭 낳고 싶었어. 여행을 좋아해서 햇볕에 늘 그을려 있지만 결이 좋은 너의 피부, 웃으면

잇몸이 다 보이는 너의 얼굴을 꼭 닮은 아이를 말이야. 결국 허공에 흩어지는 말이 되어 버렸지만 이 말을 직접 너에게 했더라면 넌 조금 달라졌을까. 헤어질 마당에 이런 말을 하면 뭘 해.

커피가 식어 간다. 엇갈린 눈빛에 이내 너의 커피잔이 비어졌다.

"갈게."

네가 말했다.

"가."

내가 말했다.

의자에 일어나서 천천히 카페 밖으로 나가는 네 모습. 뒷모습을 바라보는 건 익숙지 않아서 나도 따라 자리에 일어나서 카페 안을 서성였다. 책장에 꽂혀 있는 이별노트를 꺼내 들었다. 카페 문이 덜컹거리며 네가 떠났다는 것을 알려 준 순간, 멍—해지더라. 멍하니 이별노트에 뭐라고 끄적였는데… 뭐라고 썼더라. 다시 책장에서 이별노트를 꺼내서 내가 쓴 글을 들여다본다.

'난 변함없는 사랑이 필요해.'

이내 남은 커피를 비워 내고 잔을 내려놓으며 이별카페를 나선다.

스물아홉 살 가을.

나는 내 삶이 행복한 적이 없었다는 걸 깨달았다.

나 없이도 늘 바쁜 사람 말고,
나 없이도 미래가 꽉 찬 사람 말고,
나와 시간을 공유해 줄 사람이 필요했어.

우리는 그런 거야.
오래된 낡은 습관 같은 거.

미안하지만 설레기도 해

이별카페에 찾아왔다. 가까운 곳에 갈 만한 카페를 찾았는데 본의 아니게 이름이 '이별카페'다. 내 마음에 와닿을 수밖에 없는 이곳의 문을 열고 들어섰다. 오빠와 마주 보고 앉아 있으니 젊은 카페 주인이 메뉴판을 가져다준다. 오빠는 그새를 참지 못하고 카페 주인의 얼굴에 부딪힐 기세로 자기 얼굴을 들이밀고 탐색전을 벌인다. 눈 깜짝할 사이에 벌어진 이 상황에 잠깐 당황한 주인은 가까워진 오빠의 얼굴과 거리를 두며 미소를 짓고 바라봐 준다. 이런 일이 한두 번도 아니라 나는 당황스럽지도 않다.

"오빠, 그만해. 사장님 놀라시겠다. 사장님, 죄송합니다."

대신 죄송하다고 말씀드린다. 괜찮다며 자리를 뜨는 카

페 주인의 모습이 여느 때 사람들과는 다르게 느껴졌다. 오빠는 어느새 메뉴판을 뚫어지게 쳐다보고 있다.

"오빠 먹고 싶은 거 골라 봐."

"초코빙수랑 타르트 사 주세요. 초코빙수, 타르트 먹고 싶어요. 초코빙수, 타르트."

"알았어. 한 번만 말해도 돼."

카운터에 가서 초코빙수랑 타르트, 아메리카노 한 잔을 주문했다. 오빠는 초코빙수와 타르트가 나올 때까지 그 말을 멈추지 않을 것이다.

"초코빙수, 타르트."

오빠는 키 182센티미터 몸무게 80킬로그램의 건장한 체격이고 나이는 나와 한 살 터울로 서른여덟 살이지만 정신연령은 7세 수준이다. 평생 어린아이와 같다. 오빠는 남들이 말하는 조금 느린 아이였다. 자폐성 장애를 어떻게 설명할 수 있을까. 자기만의 세상에 살고 있다고 해야 할까.

오빠가 나와 조금 다르다는 것은 어릴 때부터 어렵지 않게 알 수 있었다. 엄마는 내게 오빠와 같이 장난감을 가지고 놀라고 했다. 하지만 오빠는 장난감을 가지고 도망을 가지, 한 번도 동생인 나와 놀아 주지 않았다. 내가 장난감을 가지고 놀고 있으면 발로 밟고 부숴 버리거나 빼앗아 가기 일쑤였다. 나도 장난감 가지고 놀고 싶다고 하면 엄마는 늘 오빠를 이해하라고 했다.

오빠와 내가 아주 어렸을 때 아빠와 엄마는 이혼했고 우리는 엄마와 살았다. 나는 알 것 같았다. 분명히 아빠는 말썽 부리는 오빠가 힘들어서 도망갔을 거야. 엄마는 아빠와는 성격 차이로 이혼했다고 말했지만 나는 믿지 않았다. 어릴 때부터 오빠 때문이라고 생각했고 그 생각이 변할 만한 계기는 없었다. 아빠는 오빠의 장애를 견디지 못하고 이혼으로 새로운 삶을 시작한 것이다. 아빠는 엄마와 헤어졌다기보다 오빠와 헤어진 것이고 지금의 나와 같은 심정이었을 것이다.

유치원은 특수반 선생님이 있는 곳으로 다녔다. 유치원이 끝나고 집에 돌아오면 일을 간 엄마 대신에 내가 오빠를 돌보았다. 초등학교, 중학교, 고등학교에 들어가서도 오빠는 항상 내 몫이었다. 그나마 숨을 돌릴 수 있는 건 오빠가 활동보조인 아주머니와 치료센터나 복지관을 다녀

올 때였다. 오빠는 언어치료, 음악치료, 심리운동에 수영장도 다녔다. 활동보조인 아주머니가 함께하지 못하는 날은 엄마가 일을 일찍 마치고 오빠를 데려갔다. 나는 방과 후 수업과 수학학원 하나 다니는 게 다인 반면에 오빠는 여러 활동들을 하러 다니는 게 내심 부러웠다.

오빠가 언젠가 다 나으면 엄마가 나에게도 오빠만큼의 관심을 가져줄지, 친구들의 오빠처럼 우리 오빠도 동생을 챙겨 주는 든든한 오빠가 되어 줄지 기대하고 또 기대했다. 그날은 언제쯤 올 수 있는 것인지 불안하게 기다렸다.

학교에 가지 않는 날은 늦잠을 자고 싶어도 내 침대 위에 올라와 쿵쿵 뛰어대는 오빠 때문에 그러기도 쉽지 않았다. 산책하러 나가면 아무 데나 뛰어가는 오빠를 놓치지 않기 위해 항상 팔짱을 끼고 걸었다. 신호등을 볼 줄 몰라서 오빠는 빨간불이어도 갑자기 뛰어가 버렸다. 오빠를 붙잡지 못해서 아찔했던 순간이 한두 번이 아니었다. 집을 혼자 찾아오는 것도 기대할 수 없어서 갑자기 오빠가 달려가 버리면 어떻게든 쫓아가야 했다. 오빠가 그럴 때마다 너무 창피하고 답답한데도 엄마는 꼭 오빠와 산책을 다녀오게 하고 함께 심부름을 보내고는 했다.

그러면서 맛있는 반찬은 늘 오빠 먼저였다. 밥은 밥이고 밥에 반찬을 곁들여 먹는 거라고 아무리 알려 줘도 소용이 없었다. 오빠는 소시지 반찬이 있으면 소시지를 다 먹을 때까지 멈추지 않고 먹었다. 그리곤 밥은 가장 나중에 먹는 식이었다. 너무 얄미워서 밥숟가락으로 오빠 이마를 탁! 하고 때리고 싶었다. 그러지도 못하고 신경질이 나서 숟가락을 내려놓고 방에 들어가 버리면 오빠는 따라 들어와 "동생 울지 마" 하며 아끼던 사탕을 하나 내밀었다. 더 화가 났다. 병 주고 약 주는 것이었다.

어린 마음에 제일 속상했던 것은 오빠는 공부를 하지 않는 것이 상관없었지만 나는 자꾸만 혼이 나는 것이었다. 마음잡고 공부하려고 해도 오빠는 텔레비전을 너무 크게 틀어 놓곤 했다. 음악 방송을 틀어 놓고 고래고래 노래를 따라 부르며 춤추는 모습도 싫었다. 오빠가 아무리 날 방해해도 혼나는 건 나였다.

"시끄러워! 조용히 좀 해!"

내가 오빠에게 꽥 소리 지르면 엄마는 곧장 내 등짝을 때렸다.

"오빠는 장애가 있으니까 니가 이해해라."

오빠를 이해하라는 말이 제일 지겨웠다.

속상한 일만 있던 것은 아니었다. 기분 좋은 날들도 있었다. 오빠가 다니는 장애복지관이라는 곳에서 가족 프로그램을 이용할 수 있었다. 그곳에서 나처럼 장애가 있는 오빠나 동생을 둔 다른 가족들과 친구들을 만났다. 우리 말고도 장애가 있는 다른 가족이 있다는 데 왠지 모르게 위로받았다.

꽃을 심기도 하고 꽃을 활용하여 소품을 만드는 원예 활동도 해 보았고, 수영장에서 맘껏 놀기도 하고, 요리 활동 시간을 통해 내가 만든 것은 내 몫으로 먹을 수 있어서 좋았다. 그곳에서는 내가 누릴 수 있는 분명한 나의 몫이 있었다.

또한 비장애 형제자매 활동이라고 해서 1박 2일 동안 또래의 친구들과 여행을 갈 수 있었다. 오빠 없이 실컷 놀 수 있었다. 나도 침대에서 방방 뛰어놀고, 먹고 싶은 것도 방해꾼 없이 마음대로 먹었다. 오빠한테 미안해지는 순간도 살짝 있었지만 깊게 생각하지 않았다.

프로그램 중 가족에게 편지 쓰는 시간이 있었다. 그때만 해도 나는 장애가 치료하면 낫는 병이라고 생각했다. 편지를 떠올려 보면 얼른 나아서 다른 친구들 오빠처럼 나를 조금 생각해 주면 안 될까라는 내용이었다. 오빠 병이 얼른 나아서 나도 같이 놀고 싶다고 썼다. 장애가 낫는 병이라고 믿었던 나는 오빠가 병원도 치료센터도 열심히 다니고 약도 계속 챙겨 먹는데 왜 늘 그대로인지 이해되지 않았다. 좀 더 힘써 이해하려 하지 않았다. 오빠의 존재에 대해 이해하지 못했던 어린 날들이었다.

오빠 손을 놓아 버린 적도 있었다. 그날은 오빠의 나아지지 않는 날들이 더는 견디기 힘들었던 어느 날로, 갑자기 찾아왔다. 오빠는 어느덧 나보다 키도 몸집도 커 버려서 더 이상 내 힘으로 제어할 수 없었다. 거리에서 갑자기 뛰어가면 내 시야에서 너무 빨리 사라져서 찾으러 다니기도 힘에 벅찼다. 버거웠다.

그때도 여느 때와 다름없이 팔짱을 끼고 있었는데 순간 나는 오빠가 달려갈 것을 감지했다. 알 수 있었다. 나는 알 수 있었다. 정말 오빠는 갑자기 달려나갔고 나는 막지 않았다. 오빠의 손을 놓아 버렸던 걸지도 모른다. 그리고는 오빠와는 반대 방향으로 뒤돌아 빠르게 걸었다. 무섭기도 했지만 묘한 희열감도 느껴졌다.

집에 오빠가 없는 것을 알고 엄마는 얼굴이 잿빛이 되어 나를 다그쳤다. 엄마에게는 오빠가 너무 빨리 달려가서

잡지 못했다고 말했다.

엄마는 오빠가 다니는 치료센터와 활동보조인 아주머니들께 연락을 하고 경찰서에도 신고했다. 엄마는 차를 타고 오빠를 놓쳐 버렸다고 했던 곳으로 가 그 주변을 계속 돌아다녔다. 엄마는 정신이 없어 보였지만 온정신을 다해 오빠를 찾고 있었다.

엄마의 휴대폰이 울렸다. 오빠와 인상착의가 비슷한 사람이 경찰서에 와 있다는 연락이었고 그는 정말 오빠였다. 오빠와 같이 자폐성 장애를 가진 사람들은 실종될 가능성이 많아서 미연에 지문을 등록해 두는 아동지문 등록제라는 제도가 있었다. 오빠도 미리 지문을 등록해 둔 덕에 빠르게 찾을 수 있었다.

오빠는 한강이 보이는 편의점 의자에 앉아 있었다고 했다. 그 편의점 의자는 내가 오빠랑 산책할 때 종종 앉아서 쉬던 곳이었다. 오빠가 음료수를 마시고 싶다고 할 때 오빠가 잠깐 앉아서 기다리고, 내가 편의점에 들어가 음료수를 사 오면 같이 앉아서 마시던 곳이었다.

경찰서에 갔을 때 오빠는 어디서 났는지 사탕을 먹으며 배를 내놓고 긁고 있었다. 엄마는 오빠를 보자마자 와락 껴안았다. 무섭지 않았냐고 괜찮냐고 물어보는데 돌아오는 오빠의 대답은 "짜장면 먹고 싶어요"였다. 오빠는 아무 일 없던 것처럼 평온한 모습이었고 눈물바람으로 오빠를 찾아다니던 그날 저녁 메뉴는 짜장면과 탕수육이 되었다.

그리곤 미안했다. 정확히 떠올려 보면 그랬다.

엄마는 15년 전 병으로 세상을 떠났다. 살아계셨을 때 엄마는 오빠에게 최선을 다했다. 엄마는 직장을 다니면서도 활동보조인 아주머니에게 오빠의 요일별 스케줄을 꼼꼼히 챙겨 주었다. 요일마다 학교를 마친 후에 어떤 치료를 언제까지 받으러 가야 하는지 일일이 챙기고 무사히 집까지 데려다줄 수 있도록 했다. 그 시절의 엄마는 늘 노심초사했다.

주말에는 오빠가 좋아하는 수영장에 자주 갔다. 오빠는 수영을 잘하지는 못했지만 물놀이를 좋아했다. 물에 들어가 있는 그 자체를 즐거워했다. 엄마는 오빠가 아픈 손가락이었을 것이다. 오빠가 먹고 싶다거나 갖고 싶다는 것들은 대부분 사 주었다. 지금 생각해 보면 엄마도 많이 힘들었을 것 같다.

그러나 나는 질투가 나서 그런 엄마에게 호의적이지 않았다. 용돈을 받으면 친구들과 놀려고만 했고 최대한 오빠와 떨어져 있으려고 애썼다.

더 큰 어려움은 오빠가 고등학교를 졸업하면서 시작되었다. 학생일 때는 학교를 다니고 치료를 받으며 하루하루를 살 수 있었지만 성인이 되니 오빠는 더 이상 갈 곳이 없었다. 치료센터에는 나이 제한이 있었고, 직업훈련이라고 해서 직업 상황을 훈련받고 월급을 받을 수 있는 시설이 있었으나 직업수행능력이 미달되어 이마저도 다닐 수 없었다. 장애인 주간보호센터라고 해서 낮에는 취미여가활동과 사회시설훈련을 할 수 있는 곳이 있었는데 이용기간이 제한되어 있었다. 오빠 나이에 이용할 수 있는 성인 프로그램들은 거의 없었다.

그때는 엄마도 서서히 지쳐 갔다. 오빠가 장애가 없었다면 엄마는 더 오래 살 수 있었을까. 그즈음 나는 집 근처 가까운 대학에 들어갔고 엄마는 눈에 띄게 시들어 갔다. 병원이며 치료센터며 복지관까지 다니게 할 만큼, 오빠에게는 그렇게 지극정성을 다했지만 자신은 돌보지 않았던 엄마는 자궁암 말기 판정을 받았다. 엄마가 세상을 떠났을 때 내 나이 스물두 살, 오빠 나이 스물세 살이었다.

나는 대학은 마쳐야겠다고 생각했다. 엄마가 없는 세상에서 졸업장이라도 손에 쥐고 싶었다. 그 후로 1년 동안

아등바등 학교를 더 다니다가 졸업했지만 결국 학과와는 전혀 관련 없는 세무서에 사무업무를 맡게 되었다.

오빠는 주간보호센터를 다녔다. 오빠는 혼자 밥을 해 먹을 수 없어서 내가 오기만을 기다렸고 나는 늘 퇴근하자마자 집으로 돌아가 오빠 밥상을 차리고 집안일을 했다. 밀린 업무를 가져오는 날에는 오빠가 잠들기를 기다렸다가 일을 하고는 했다. 학자금 대출도 갚아야 했고 오빠의 주간보호센터 이용기간이 얼마 남지 않았었다. 나는 계속해서 일해야만 했다.

나 하나 먹고살기 바쁜 게 아니라 오빠도 먹여 살려야 했다. 다 큰 오빠를 씻기는 일도 쉽지 않았다. 오빠는 한 번 물에 들어가면 나오려고 하지 않았고 여전히 어린아이처럼 내게 물을 튕기는 걸 보면 울고 싶었다. 오빠가 자위하는 모습이라도 보는 날엔 더 처참한 기분이 들었다. 나는 앞으로 어떻게 해야 하지.

실제로 나는 더 이상 어떻게 해야 할지 몰랐다. 큰 대형마트만 보면 손을 뿌리치고 들어가 과자를 사 달라고 조르는 키 182, 몸무게 80의 어린아이. 오빠는 시도 때도 없이 졸라댔고 그 상황을 1초라도 빨리 끝내고 싶어 얼른 사 주고 나오기 일쑤였다.

길을 가다가도 모르는 사람 얼굴에 자신의 얼굴을 바짝 갖다 대어 다른 사람들을 놀래 주저앉게 만들었다. 그게 오빠가 다른 사람을 탐색하는 과정이었지만 일반적인 사람은 잘 하지 않는 행동이었다. 오빠처럼 덩치 큰 사람이 그런 행동을 하니까 사람들은 더 놀랄 수밖에 없었다. 나는 매번 사과하고 매일 오빠를 혼냈다. 제발 그러지 말라고 부탁했다. 매일매일이 지쳤고 내 삶은 없었다.

오빠가 주간보호센터 이용기간이 끝나고 집에서만 생활하면서 사고 치는 빈도는 늘어났다. 활동보조인 아주머니에게 웃돈을 얹어 주며 오빠를 제발 더 돌봐 달라고 사정했다. 아주머니마저 없으면 살 수 없었다. 오빠에게 일이 생길 때마다 반차라도 쓰고 달려가는 일이 잦았고 결국 직장에 집안 사정을 털어놓았다. 다행히도 오빠의 보호자가 나밖에 없다는 것을 알고 많은 부분에서 이해해 주었다. 아마 그 덕분에 15년이라는 세월을 한 직장에서 일할 수 있었을 것이다. 벌이가 좋은 곳은 아니었지만 내 상황을 이해해 줄 곳은 별로 없을 것 같았다. 더 나은 삶은 없을 것 같았다.

그동안 오빠를 돌보는 방법들이 늘었다. 주간보호센터를

이용하는 데에도 요령이 생겨 순번을 놓치지 않을 수 있었고 주간보호센터를 이용하지 못할 때에는 복지관 같은 곳에서 주간 프로그램을 신청하거나 장애인이 이용할 수 있는 수영장을 찾아서 꾸준히 다니도록 했다. 이도 저도 방법이 없을 때에는 집에 있는 상황이 대부분이었다.

활동보조인 아주머니는 여러 차례 바뀌었고 계절은 수십 번 변했다. 엄마가 돌아가신 지 15년의 세월이 흘렀고 나는 오늘도 괜찮지 않았다.

내 나이 서른일곱 살이 된 지금. 나는 두 번째로 오빠의 손을 놓으려고 한다. 서른부터 2년간 만나 온 남자에게 용기를 내어 오빠의 존재를 밝힌 적이 있었다. 처음에 남자 친구는 대수롭지 않아 했다. 그럴 수 있다는 게 대단하게 느껴졌고 고마웠다.

그러나 우리 사이에 결혼이 주제가 되었을 때 남자 친구는 오빠와 함께 사는 건 원치 않는다고 했다. 그럼? 남자 친구는 오빠의 생활시설을 알아보았다. 생활시설에 입소하면 하루 종일 거기서 생활한다. 입소기간이 정해져 있다고는 하지만 퇴소를 하지 않고 오래 지낼 수 있다고 했다. 그런데 그곳에 오빠를 보내면 그것은 '버린다'는 의미

같았다. 만약에 오빠가 아니라 내가 장애가 있었더라면, 오빠는 날 그런 데다 보냈을까.

남자 친구는 헤어지자고 했다. 쿨하게 보내지는 못했다. 장애를 가진 오빠를 이해하지 못하는 남자라면 헤어지는 게 맞다고 스스로 되뇌며 이별을 받아들였다. 그러나 그 이별은 오빠에 대한 미움으로 전가되었다. 오빠라는 존재 자체가 미웠고 언제까지 이러고 살아야 하나 싶었다. 끝이 보이지 않는, 너무 긴 인생이었다. 그리고 우습게도 그 일을 계기로 깨달았다. 그 일을 곱씹을수록 내 마음이 선명해졌다. 나는 오빠에게서 벗어나고 싶었다.

나는 지쳤다. 오빠의 손을 놓고 싶다는 걸 이제야 자각했다. 나도 엄마처럼 어느 날 큰 병을 얻어 인생을 허망하게 마감하는 건 아닌가 생각하니 정신이 번쩍 들었다.

'오빠 나 이제 내 인생을 살아 보고 싶어.'

그게 다였다.

처음으로 내 눈이 빛났고 마음이 떨렸다. 오빠만 없으면 새롭게 살 수 있을 것 같고 상황이 바뀔 수 있다고 믿었다. 그게 내가 이별카페를 찾아온 이유다.

몇 년 전 오빠가 입소해도 좋을 생활시설을 찾아 두었

다. 두물머리 부근에 자폐성 장애인이 입소 가능한 생활시설이 있었다. 매일 집에만 있느니 자연과 어우러진 이곳이 오빠에게 더 좋을 수도 있었다. 어쩌면 내가 오빠를 놓지 못해 둘 다 괴로웠던 거라는 생각도 들었다.

입소기간은 딱히 정해져 있지 않은 곳이라 어쩌면 평생을 이곳에 있어야 할지도 모르겠다. 생활시설에 있는 사회복지사 분들보다 더 오래 오빠가 있어야 할지도 모를 일이다. 그래도 집보다는 낫겠지. 받아 주는 곳이니까. 오빠를 위한 결정이야. 그렇게 자기 위안을 했다.

초코빙수와 타르트, 아메리카노 한 잔이 나왔다. 오빠는 초코빙수를 위에서부터 떠먹었다. 아메리카노가 내 것임을 알고 오빠는 별 욕심을 내지 않는다.

오빠의 모든 짐은 차 트렁크 안에 있다. 오빠가 가장 좋아하는 포켓몬스터가 그려진 노트와 포켓몬스터 한글 블록을 챙기니 순순히 따라나섰다. 시설에 입소하면 난 아마 다시는 오빠를 보러 가지 않을 것이다. 그림자처럼 떨어지지 않던 오빠, 오빠 없이 살아갈 것이다. 오빠를 위한 삶이 아니라, 나를 위한 하루들을 살고 싶다.

그런 마음으로 온 거라 마지막으로 카페에 들러 오빠가 좋아하는 것 하나라도 먹이고 싶었다. 카페를 둘러보니 한 편에 노트가 빼곡히 꽂혀 있었다. 연월만 쓰여 있기에 궁금증이 일어 하나를 꺼내어 보았다. '이별노트'라고 쓰여 있었다. 언뜻 봐도 눈물로 쓰여진 글들이어서 잠깐 동안에 나까지 눈물이 날 뻔했다.

"오빠!"

오빠는 내가 보고 있던 노트를 뺏어서 그림을 그리기 시작한다. 졸라맨같이 생긴 세 사람을 그려 넣고 그 밑에는 엄마, 동생, 나라고 적는다. '가족 사랑해요.' 오빠의 단골 레퍼토리….

엄마가 돌아가셨을 때 오빠에게 엄마를 다시 볼 수 없다는 걸 이해시키느라 애를 먹었었다. 오빠는 계속 울면서 엄마를 찾았다. 좋아하는 소시지 반찬마저 거부하며 엄마를 찾았었다. 지금까지도 외출 준비를 하면 "엄마 만나러 가자"라고 말한다. 오빠 그림 속에서는 늘 함께였던 우리. 우리는 왜 이렇게 힘이 들까. 오빠는 지금도 엄마를 만나러 간다고 생각하겠지. 빙수 그릇이 바닥을 보였다.

"오빠, 가자."

내 목소리에 떨림이란 없다. 떨림을 숨겼다. 나는 지금 오빠에게 미안하면서도 이제야 내 삶을 살 수 있을 거란 생각에 설레기도 한다. 엄마 미안.

천천히 나선다. 카페 주인이 "안녕히 가세요" 하고 인사한다. 오빠가 "안녕히 가세요" 하고 똑같이 말한다.

이제 생활시설로 가서 입소 과정을 마치면 지난한 날들이 끝이 난다. 스스로에게 나지막이 끝인사를 한다.

안녕, 나의 어제들.

벌이가 좋은 곳은 아니었지만
내 상황을 이해해 줄 곳은 별로 없을 것 같았다.
더 나은 삶은 없을 것 같았다.

'오빠 나 이제 내 인생을 살아 보고 싶어.'
그게 다였다.

다시 너무 평온한 한낮에

할머니를 처음 만난 건 몇 년 전 더운 여름이었다. 대학교 1학년 때 의무로 채워야 하는 봉사시간이 있었고 나는 학교에서 가까운 노인종합복지관으로 갔다. 새내기 자원봉사자들이 맡은 업무는 독거 어르신의 말벗을 해 드리는 것이었다. 홀로 계신 어르신들 댁에 찾아가 말벗이 되어 드리고, 조금씩 심부름을 해 드리는 정도의 일이었다. 한 달 동안 매주 목요일, 하루에 세 시간 정도 봉사활동을 하게 되었다. 같이 간 친구들도 할머니나 할아버지 말벗 역할을 맡게 되어 1인 1가정으로 배정받았다.

할머니를 뵈러 가기 전, 사회복지사 선생님은 할머니는 올해 85세로 혼자 사시고 걷는 데에 조금 불편해하신다고 설명해 주었다. 허리는 굽었지만 연세에 비하여 정정하신

편이라고 했다.

자세한 설명을 듣고 있자니 덜컥 겁이 났다. 세 시간 동안 무슨 말을 하면 좋을까 막막했다. 아주 더운 여름 날이었다.

처음 할머니를 뵙는 날에는 선생님과 복지관 차를 함께 타고 갔다. 굽이굽이 시골길에 들어설 줄 알았는데 의외로 시내와 멀지 않은 3층짜리 연립주택 앞에 멈춰 섰다. 할머니가 살고 계신 1층은 문이 열려 있었다. 안을 들여다보니 기관에서 방문하겠다고 먼저 연락을 드려서인지 할머니는 문 앞에 앉아서 기다리고 계셨다.

"할머니 저희 왔어요."

"어, 선생님 오셨구먼."

엉거주춤한 자세로 일어나셔서 들어오라고 손짓하는 할머니가 보였다. 연세가 여든다섯이시라고 했지만 선생님 말씀처럼 그만큼 연세가 들어 보이지는 않으셨다. 인상이 밝으시고 얼굴에 살짝 분을 바르셨는지 피부가 뽀얗고 고우셨다.

"안녕하세요."

할머니는 날씨가 더운데 고생한다며 오렌지 주스 두 잔

을 내어 오셨다. 잔을 깨끗이 비워 내고 웃는 얼굴을 보이려고 얼굴 근육을 바짝 끌어올렸다. 선생님이 자리를 비우시고서, 할머니는 내게 이름이 어떻게 되는지 덥지는 않은지 물어봐 주셨다. 출출하지 않느냐며 참외도 내어 주셨다. 참외에 이어 방울토마토까지 먹으며 나도 질문거리를 찾으려고 노력했다.

"할머니 식사는 하셨어요?"

"할머니 날이 덥죠? 그래도 여긴 시원하네요?"

특별하지 않은 얘기들을 했다. 할머니 댁은 선풍기만 켜 놓았는데도 시원했다. 할머니도 나도 할 말이 없을 때는 잠시 동안 눈을 감고 졸았다. 나중에 이 순간을 그리워할 줄도 모르고 졸았다. 시간이 어떻게 갔는지 모르겠지만 할머니께 짐이 되고 싶지 않다고 생각한 첫날이었다.

그렇게 약속된 한 달이 지났고, 친구들은 봉사활동을 마쳤다. 나는 할머니를 만나는 시간이 좋았다. 오래전에 돌아가신 우리 할머니 생각도 났다. 방금 전에 먹었는데도 배고프지 않으냐고 물으실 때는 너무 우리 할머니 같아서 웃음이 났다. 이제야 할머니와 친해진 것 같은데 이대로 끝내는 게 아쉽고 내가 있다가 없어진 자리에 할머니가 홀로 앉아 계실 걸 생각하면 조금이라도 더 함께하고 싶었다. 시시콜콜한 이야기를 나누고 싶었다. 그렇게 3년의 시간이 흘렀다.

할머니와의 만남에 마침표를 찍게 된 날은 대학교 3학년 마칠 무렵, 갑자기 찾아왔다. 2년 동안 독일에 가서 공부할 수 있는 교환학생 기회를 얻게 된 것이다.

현재 할머니 연세가 88세. 기침이 늘으셨고, 예전만큼 거동이 편치는 않으셨다. 얼마 전에는 요양 간호사가 있는 병원에 한 달 정도 입원하셨다. 할머니께서 백설기 떡을 좋아하셔서 동네에서 가장 맛있는 떡집에 가서 백설기와 무지개떡, 절편을 사다 드렸다. 병실을 같이 쓰시는 다른 할머니 분들과 나누어 드시라고 많이 사 갔지만 할머니는 몇 입 못 드시고 내려놓으셨다. 마음이 아팠다. 우리 할머니를 생각하며 쾌차하시기를 얼마나 바랐는지 모른다. 얼마나 더 살아계실까. 내가 2년 동안 독일에 가 있으면, 다시 돌아오면 할머니가 계실까. 며칠 밤 눈물이 났다. 할머니께 이별을 어떻게 말씀드리지.

교환학생으로 갈 준비를 하면서 할머니를 만나는 목요일이 다가올 때마다 이별의 시간을 헤아렸다. 이제 네 번밖에, 이제 세 번밖에 남지 않았다고 생각하면서도 떠난다고는 말하지 못했다. 마지막 날을 앞두고 겨우 입을 뗐다.

할머니는 좋은 기회라고 잘 다녀오라고 덤덤하게 말씀하셨다. 그 외에 다른 말씀은 없으셨지만 가만히 창가를 바라보셨다. 할머니께서는 이제 이별에 익숙해졌을까. 그동안 할머니가 지나 온 수많은 이별들을 어렴풋이 짐작해 본다.

할머니를 마지막으로 뵙는 날에 우리는 가볍게 시내 산책을 가기로 했다. 복지관에서 휠체어를 빌려오기로 했다.

복지관 차에서 휠체어를 내리고 복지사 선생님께 인사를 드렸다. 선생님과도 당분간은 만나지 못하게 된다. 선생님은 이따가 휠체어를 가지러 오겠다고 하셨다.

휠체어를 끌고 할머니 댁에 들어서자 할머니는 우리가 만났던 첫날처럼 문을 열어두시고 기다리고 계셨다.

"할머니, 저 왔어요."

"응~ 지안이 왔어?"

할머니는 정말 자신의 손녀 대하듯이 편하게 내 이름을 부르신다. 3년간 주마다 꼬박 들었던, 날 부르는 저 목소리. 할머니를 휠체어에 태워 밖으로 나섰다. 동네가 시내

쪽이라 덜컹거리는 곳 없이 매끄럽다. 할머니 모시고 자주 나올걸. 왜 이제서야 생각하게 되는지. 내가 참 어리게 느껴졌다.

도로 건너편에서는 양수리 시장이 열리고 있었다. 5일에 한 번 열리는 거라며 할머니께서 말씀하셨다. 과일 파는 곳으로 가서 수박 한 통 큰 걸 샀다. 혼자서는 무거워서 못 샀는데 오늘은 휠체어 아래쪽에 끈으로 묶어서 실으면 되겠다고 좋아하셨다. 할머니는 떨리는 손으로 매듭을 단단히 묶으셨다.

시장을 둘러보고 어느 정도 걸었을까. 동네 카페가 하나 보였다. 할머니도 더우실 거고, 나도 갈증이 나서 카페로 향했다. '이별카페.' 카페는 휠체어가 편하게 들어갈 수 있도록 방지턱이 없었다. 할머니께서 불편하지 않게 카페에 입장할 수 있었고 테이블과 테이블이 거리가 멀어서 휠체어를 세워 놓아도 될 법했다.

"어서 오세요."

"안녕하세요, 여기 노인네가 와도 되나?"

"네, 당연하죠. 어서 들어오세요."

할머니도 별말씀을. 카페 사장님에게 나도 눈인사를 하고 자리를 잡았다. 카페 벽면의 그림이 화려하고 독특했다. 할머니께서도 처음 보는 풍경에 카페 곳곳을 훑어보셨다. 그 사이 카페 사장님이 메뉴판을 가져다주었다.

"할머니, 여기 수제차가 있네요. 생강차, 유자차 같은 거."

"나도 달달한 커피 마시고 싶어."

"우와! 할머니 커피 드시게요? 그럼… 카페모카에 휘핑크림 넣어서 주문할게요!"

"오냐, 달달한 거 시켜 봐."

카페모카를 두 잔 시켰다. 할머니께서 커피 드시는 모습을 처음 본다. 아, 할머니도 커피를 드시는구나. 3년을 알았고 많은 대화를 나누었지만 아직도 할머니에 대해서 모르는 게 많구나.

할머니께 휴대폰으로 사진 찍는 법, 영상통화하는 법, 문자 쓰는 법을 알려드리려고 매번 노력했다. 휴대폰으로 사진 찍는 법은 익히셨는데 영상통화 하기나 문자 쓰기는 많이 어려워하셨다. 내가 독일에 공부하러 가면 할머니와 연락할 수 있는 여러 가지 방법을 찾아봤지만… 역시나 어려웠다. 편지나마 보낼 수는 있지만 답장을 받기는 어려울 것이다. 독일로 간 2년 동안 할머니와 연락할 수단이 없었다. 내가 돌아올 때까지 할머니는 기다려 주실까. 원래 나 없이도 잘 생활하셨지만 이제 누구와 말벗을 하게 될지, 그 시간을 누가 대신할지, 혹시라도 혼자 있을 때에 아프시면 어떻게 할지 마음이 놓이지 않았다.

주문한 커피가 나왔다. 사장님은 센스 있게 할머니 잔에는 스푼을 주셨고 할머니께서는 스푼으로 휘핑크림을 떠 먹고는 재미있어 하셨다.

"아이고, 맛나다."

할머니께서 웃으시니 나도 웃음이 났다.

"지안아, 여기 커피집 사장님이랑 수박 나누어 먹으면 어떨까? 나 혼자서 이거 다 먹지도 못해."

그렇지 않아도 할머니 집에 가서 드시기 쉽도록 수박을 잘라서 통에 담아 드려야겠다고 생각했었는데, 그런데 이 큰 수박을 할머니 혼자 드셔야 한다는 건 생각하지 못했다.

카페 사장님에게 조심스레 다가가서 혹시 수박 잘라서 같이 드시겠냐고, 카페에서 수박을 먹어도 되냐고 물었다. 사장님은 웃으시며 수박을 이리 달라고 하셨다. 왠지 고마웠다. 할머니와 함께 사장님이 수박을 쪼개는 소리를 들었다. '쫘~악!' 수박이 두 동강났다. 먹기 좋은 크기로 잘라 빙수컵에 담아진 수박. 할머니 한 컵, 나 한 컵, 사장님 한 컵. 함께 모여 있으니 옹기종기 귀여운 모양새다.

사실 여기가 이별카페라는 걸, 헤어질 때 오는 곳이라는 것을 나는 알고 있었다. 할머니 모시고 바깥나들이를 하기로 한 후에 이 근처를 미리 알아보긴 했었다. 이별노트라고 해서 이별한 사람들이 무언가 적고 가는 노트도 있다는 것을 알고서, 오늘 할머니와 내가 헤어지러 이곳에 와야겠다고 생각했었다. 그런데 아니다. 아니기로 했다. 2년 후에 또 뵙는 거니까, 우리는 이별이 아닐 거야. 그런 거 다 잊고 오늘 할머니가 즐거우셨으면 좋겠다. 꼭 다시 봐요 할머니.

늘 할머니와 나 둘이었는데 오늘은 한 분이 더 있어서 새롭고 좋았다. 더욱 다채로운 기분. 할머니도 느꼈을까. 그날 카페에는 우리 셋밖에 없었고, 우리는 수박을 사각사각 소리 내며 맛있게 먹는 데 열중했다. 이것만으로도 충분하다. 할머니께서 조금만 외로워하시기를. 우리 다시 만나 너무 평온한 한낮에 맘껏 좋아 보기로.

나는 할머니를 만나는 시간이 좋았다.
방금 전에 먹었는데도
배고프지 않으냐고 물으실 때는
너무 우리 할머니 같아서 웃음이 났다.

할머니도 나도 할 말이 없을 때는
잠시 동안 눈을 감고 졸았다.
나중에 이 순간을 그리워할 줄도 모르고 졸았다.

누가 누구와 이별하는 중일까

노인과 꼬마 여자아이, 하얀 강아지 한 마리가 카페에 들어왔다.

기쁘게 안녕

"자, 이제 다 했다."

인수자는 공란으로 비워 두고 인계자 칸에 내 이름 '최연수'를 당당하게 입력했다. 이제 출력해서 내일 제출만 하면 이 직장을 그만둔다. 남은 연차를 다 사용하라고 해서 연차를 쓸 겸 일본으로 6박 7일 여행을 다녀왔다. 그동안 회사에서는 새로운 직원을 채용하는 작업을 했다. 이렇게 쉽게 끝날 것을 지난날들 너무 시간을 끌었다.

이별카페에 왔다.

난 이 직장과 헤어지는 게 쉽지 않다. 그 마음을 정리하고 싶어서 이곳을 찾았다. 애착을 가졌던 업무에서 손을 떼는 것도, 매일같이 보던 동료들과 내일이면 보기 어려운 사이가 되는 것도 속상하다. 또 하나의 이별인 것이다.

이별카페에 노트북을 가져와서 업무 인수인계서 마지막 파일을 정리했다. 아이스 카페모카에 휘핑크림을 잔뜩 얹어서 먹는다. 그동안은 칼로리 생각에 아메리카노만 먹어왔는데, 오늘 같은 날 달달한 커피쯤이야. 평일 오후를 즐기는 여유와 맛있는 커피 한 잔, 내가 사는 동네를 잠시나마 떠나왔다는 것만으로도 큰 해방감을 준다.

3년 8개월 전, 새로 산 하얀 블라우스와 정장치마를 입고 새 구두를 신었었다. 단정하게 빗은 단발머리를 귀 뒤로 넘기고 그렇게 이곳에 첫 출근을 했었다. 모두가 날 지켜보고 있다는 생각에 몸이 경직되고 로봇이 된 듯 부자연스러운 움직임이었지만, 각 팀마다 돌아다니며 인사를 했었다. 워낙에 남자를 채용하려고 했던 자리에 43:1의 경쟁률을 뚫고 여자가 뽑히자 직원들 사이에 내가 굉장히 유능하다는 소문이 돌았다고 했다. 말로만 듣던 새 직원이 드디어 들어왔다며 축하해 주었다.

이번에 입사한 직장은 개관한 지 30년 정도의 역사가 있었고, 제도적으로 정년이 보장되는 곳이었다. 주변에서도 평생직장 삼아도 좋을 곳에 입사하게 되었다며 축하의 말들을 해 주었다. 처음으로 맞는 정규직 자리라서 솔직히 떨렸고 어떤 일이 주어지든 열심히 하겠노라 의욕으로 충만했다.

기관에서 내가 속한 가족지원상담센터는 팀원이 여섯 명으로 모두 여자였다. 왜 남자를 채용하려고 했는지 끄덕여지는 부분도 있었다. 일에서는 힘쓰는 일이 많은데 팀원 모두가 여자이기 때문에 아무래도 남자 한 명 정도는 필요했을 것이다.

처음 내 책임으로 된 문서를 쓰기까지 3개월의 시간이 걸렸다. 내 업무의 전임자는 부씨였는데 그녀는 업무를 인계해 줄 생각이 없어 보였다. 처음에는 의중을 알기 어려웠지만 본인이 오래도록 맡아 왔고 애정을 가졌던 업무를 내가 입사함으로 인해 빼앗긴다고 느끼는 듯했다. 그러면서 정작 자신은 새로 맡은 일에 몰두했다.

기존에 제출되었던 서류 꾸러미들을 들춰 보며 직접 파일에 표를 넣고 기호를 찾고 간격을 맞추어서 구색을 맞췄다. 파일을 하나하나 찾아서 문서의 형식을 갖추고 그렇게 3개월 만에 첫 결재를 맡았다. 센터장님은 이미 부씨에게 업무 인수인계를 제대로 하라고 지시했지만 꽤 경력이 있는 부씨는 센터장님의 말을 무시했다. 그럴 수 있다는 것이 내게는 큰 충격이었다. 하지만 그게 통하고 있었다.

그래도 부씨만 빼면 직장생활은 너무 즐거웠다. 내가 무언가 하고자 하면 추진해 보라며 지지해 주었고, 업무에 성과를 올리면 성과급은 물론 직원 모두가 보는 앞에서 칭찬을 아끼지 않는 분위기였다. 나는 능력을 인정받는 게 좋았고, 직원들의 역량을 높여 주기 위해 노력하는 직장에 만족했다. 설립된 지 오래된 곳이라 정해진 시스템에 따르면 되고 그런 것들이 잘 되어 있었다. 일은 수월했다.

직장 건물 내에는 베이커리가 함께 있는 카페가 있었다. 그곳 직원들과도 친해져서인지 커피와 빵을 외상 해서 먹은 일도 있었다. 워낙에 외상은 안 되는데 나를 포함한 우리 센터만 허용된다는 것도 재미있었다. 왠지 더 친밀감이 들었다.

직원은 150명 정도에 근속일수는 15년부터 1개월까지 다양했다. 단점은 사람이 많아서 소문이 쉽게 퍼지고 쉽게 와전된다는 것이었다.

대학원 과정을 마치고, 몇 군데 계약직 생활을 하느라 스물여덟 살에 이 직장을 다니기 시작했고 서른두 살이 된 지금까지 내 열정을 다했다. 부씨를 빼고는 업무 협조도 순조로웠다.

어느 날이었다. 내가 근무하던 센터는 상담실이 붙어 있었다. 상담을 하기 위해 만들어진 공간이었고 평소에는 휴게실처럼 쓰였다. 그러나 방음은 잘 되지 않았다. 누군가 상담하면서 화를 내거나 울거나 하면 그 소리가 고스란히 우리가 업무하는 센터로 들어왔다. 반대 방향으로도 마찬가지고.

그날은 점심 식사를 마치고 근무하기까지 30분의 시간이 남아 있었다. 나는 상담실에서 조금 더 휴식시간을 갖고 있었다. 그때 센터에서 부씨의 목소리가 들려왔다.

"방댕이가 그렇게 무거워! 스물여덟 살이나 처먹고 그런 것도 못해!"

센터장님에게 내 흉을 보는 소리였다. 갑자기 눈물이 났다. 마음에 들지 않았다 하더라도 이런 식으로밖에 표현할 수 없었을까. 모든 대화를, 아니 모든 욕을 들었지만 아무것도 듣지 못한 사람처럼 모른 척했다. 참고 참았다.

그 뒤로도 부씨의 이해할 수 없는 행동은 내게 참을 수 없는 모욕감을 주었고 나는 점점 그 사람을 지웠다. 이곳에 그 사람이 없는 것처럼. 한 사람만 지우면 직장생활은 편안하다고 생각했다.

직장생활 시작한 지 3년 정도 되었을까. 앞이 뿌옇게 보이고 시야가 좁아지는 증세가 나타났다. 똑바로 걸으려고 해도 왼쪽 어깨와 무릎이 무너지는 느낌을 받곤 했다. 몸의 중심이 왼쪽으로 치우쳐 여기저기 부딪히고 피멍이 들었고 입꼬리가 부들부들 떨렸다. 또 두통이 심해서 앉을 수도 일어설 수도 없는 날들이 이어졌다.

직장 내 정형외과 선생님은 혹시 뇌에 문제가 생긴 거라면 큰일이라고 MRI를 찍어 보자고 했다. 검사를 받았고 다행히 뇌에는 아무 이상이 없었다. 이번엔 귀에 이상이 있는 건 아닌가 싶어서 이비인후과를 갔다. 달팽이관도 멀쩡했다. 이비인후과 선생님은 신경외과를 추천해 주었다. 신경외과에서는 두통이 심한 편이라며 새로운 처방을 내려 주었지만 증상이 호전되기는커녕 더 극심해져 진통제까지 맞았다. 신경외과에서는 정신과를 추천했다.

결국 '공황장애'라는 병명을 확인했다. 공황장애 약을 먹으며 한쪽으로 온몸이 무너져 내리는 증상이 호전되었고, 두통도 줄어들었다. 병의 원인이 무엇인지 상담하던 중 부씨가 내 병의 근원이라는 걸 깨달았다. 그동안 참고만 살았던 게 화근이었다. 그래도 약을 먹으면 증세가 가라앉는 데서 희망을 얻었다. 지금처럼 직장생활을 이어갈 수 있을 것 같았다.

일주일에 한 번씩 내원하여 상담받고 때마다 약을 처방받기로 해서 센터장님에게 병원을 다니고 있다고 말했다. 정신과를 다니고 있다는 말을 하는 것은 상당히 조심스러웠다. 사람도 많고 말도 많은 곳이라 다른 사람에게는 알리지 말아 달라고 부탁했다. 그렇게 3개월 정도 흘렀을까. 내가 공황장애를 앓고 있고 정신과를 다니고 있다는 사실은 직장의 가장 높은 장만 빼고는 다 알고 있었다. 사람들은 내가 '그런 병원'을 다닌다는 것에만 관심이 있지, 왜 '그런 병을 얻게 되었는지는 궁금해하지 않았다.

어느 날 나는 대체휴가로 평일 하루를 쉬게 되었다. 그 날 팀 회의에서 부씨가 말했단다. 그런 사람이 상담이나 제대로 할 수 있겠냐고. 하나 자리 비운다고 티 안 난다고. 그 말은 고스란히 내게 들려왔다. 그 사람의 혀는 칼처럼 날카로웠다. 더는 계속할 수 없을 것 같았다.

부씨는 가늘고 길게 가자는 주의였다. 팀장 같은 것은 바라지 않고 팀원처럼 비교적 책임이 적은 역할을 맡아 직장생활을 오래 유지하는 게 목표인 사람이었다. 나보다 먼저 그만둘 리 없다.

그러는 동안 점점 공황장애 약은 강도를 더해 갔다. 정신과를 다니고 있다는 사실이 나의 의지와는 상관없이 만인에게 알려진 일을 상담하면서 나는 하염없이 울었다. 약을 강하게 지어도 숨이 답답하고 온몸이 찌릿한 증상이 나아지지 않았다. 긴장되고 두들겨 맞은 것처럼 아팠다. 의사 선생님이 결국 입을 열었다.

"공황의 원인이 되는 사람과 같이 있으면 안 돼요. 직장을 그만두는 게 좋은 방법이 될 수 있어요. 직장에서 개선해 줄 여지가 안 보이면 이제는 연수 씨가 방법을 찾아야 해요."

그랬다. 원인을 그대로 둔 채 원인과 한 공간에서 살고 있었다. 일은 즐거웠지만 즐거운 일마저 이제는 놓고 싶었고 그만큼 부씨와의 관계가 힘들었다는 것을 그때 알았다. 너무 아팠다. 정말 원했던 직장이었다. 계약직을 전전하다 드디어 얻은 정규직인 데다가 업무도 이제는 충분히 익혔는데, 떠날 수밖에 없다는 게 너무 슬펐다. 아니 일이 너무 맞지 않는다고 하더라도 이런 결정을 결국 부씨 때문에 하게 된다는 것이 참을 수 없이 슬펐다.

센터장님과의 면담을 신청했다. 사실상 마지막 보루로

남겨 둔 것이었다. 센터장님은 부씨의 평상시 만행을 알고 있다고 하면서도 이렇다 할 답은 주지 않았다. 팀 전체를 위해서는 내가 조용히 감수해 주길 바라는 것처럼 보이기도 했다. 우리 팀은 업무 협조도 잘되고 분위기도 좋지 않으냐고. 그 '우리'에서 이미 나의 존재는 느껴지지 않았다. 1년 후 업무 전환이나 부서 이동을 고려해 보겠다는 말에서 어떤 힘도 어떤 희망도 얻을 수 없었다. 그 말은 곧 이대로 오늘을, 또 내일을 살아 내라는 말이었으니까.

아니요. 그만두겠습니다.

내가 먼저 나를 챙기겠습니다.

그렇게 난 사직서를 썼다. 내 사직서에 다른 팀은 물론 같은 팀마저 물음표를 달았다. 이해하지 못하는 사람들에게 솔직하게 이야기할 필요는 없었다. 어차피 단순한 호기심일 뿐이었다. 결재판에 사직서를 넣었다. 센터장님은 한숨을 내쉬었지만 승인은 몇 초도 걸리지 않았다.

이것이 나의 3년 8개월이었다.

이제 내일 하루만 지나면 모든 게 끝이 난다. 지금 내가 경기도 양평에 있는 이별카페에서 휘핑크림을 듬뿍 얹은 아이스 카페모카를 마시고 있다는 것에 집중한다. 여기에서 연인과 헤어졌다는 글을 본 적이 있다. 이 카페에서 용기를 얻고 헤어지자는 말을 전했고, 카페에 들어갈 땐 둘이었지만 나올 땐 혼자가 되어 나왔다고 했다. 직장과의 이별도 별반 다르지 않다. 3년 8개월의 시간 동안 많은 것을 배우고 경험했지만 이제 다시 나 혼자가 된다.

환기가 필요하다. 카페를 둘러보았다. 젊은 사장님이 그리신 건가. 한쪽 벽면 가득 그림이 그려져 있다. 삐뚤빼뚤 오돌토돌 모난 내 마음 같았다. 시원치 않은 내 마음 같았다. 정체를 알 수 없는 그림의 눈빛이 선해 보인다.

카페 사장님이 다가온다. 눈 맞춤에 응한다. 사장님이 들고 오는 쟁반에 무언가 담겨 있다.

"청포도 타르트예요. 지금 만들었는데 한번 맛보세요."

"감사합니다."

타르트와 함께 이별노트라고 쓰여 있는 노트를 하나 건네주셨다. 고생했다고 말해 주는 듯이. 고작 타르트 하나 이별노트 하나에 많은 생각이 깃든다. 타르트를 한 입 가득 베어 물다가…

"흐읍."

타르트를 입안에서 넘기지도 못한 채 눈물이 터져 나왔

다. 직장 내 베이커리에서 자주 사다 먹던 에그타르트가 생각났다. 매일같이 갓 나온 타르트를 사 먹는 것이 나의 소소한 일상이었는데 이제는 아니게 된다. 입안 가득 타르트를 뱉지도 못하고 눈물을 흘렸다. 한쪽 팔이 노트북 키보드에 닿아 인수인계서 마지막 장에 의미 없는 점들을 찍어 낸다. 그 베이커리에 타르트가 참 맛있었어. 근무하다가 지치면 그 베이커리의 타르트와 빵 들로 다시 기운을 찾곤 했었다. 이제는 센터에 없는 사람, 일하지 않는 사람이라고 생각하면 사회적으로 작아져 버리는 것 같지만 애써 그 생각을 떨쳐 낸다.

이별노트를 펼쳤다. 다른 이별에 위로받을 수 있을지도 모른다. 모두 혼자가 된단다. 용서하지 말라고 한다. 강아지 한 마리가 그려져 있다. 별로 위로가 안 된다.

지금 가장 위로가 되는 건 청포도 타르트다.

그래, 나를 위한 최선의 선택이야. 잘했어. 연수야. 스스로를 위로했다. 눈물을 그치고 나니 입가에 작게 미소가 번진다. 시간이 얼마나 흘렀을까. 음악의 볼륨을 높였는지 불현듯 선명하게 들린다. 참고 있던 감정을 터뜨려서인지 카페에 흐르는 음악 때문인지 마음이 한결 안정되었다.

스물여덟부터 서른둘. 다시는 돌아오지 않는 꽃 같던 시절에 마음을 다했던 그곳에 내 이름 하나 남기고 싶다. 우느라 찍혀 버린 인수인계서의 점들을 다시 지운다. 내 소중한 시절을 잘 마무리하기로 한다. 센터 인근 떡집을 검색해 전화를 걸었다. 내일 오전 10시까지는 '현' 직장이고, 내일까지는 '소속된' 직장으로 답례떡을 주문했다.

"혹시 스티커 문구 작업도 가능한가요?"

"원하는 문구 있으시면 말씀해 주세요."

"'그동안 감사했습니다. 가족지원상담센터 최연수'라고 부탁드려요."

"네, 알겠습니다."

처음 입사해서 잘 부탁드린다고 인사했던 것처럼 나는 내일 각 팀을 돌며 인사를 할 것이다. 그동안 감사했다고. 그렇게 이별을 고하고자 한다. 이별노트에 쓸 말이 생겼다.

기쁘게 안녕.

내가 적었어도 이별카페와 어울리고 내게도 적절한 것 같아 어깨를 한 번 으쓱했다. 그리고 남은 청포도 타르트를 열심히 먹었다. 타르트가 맛있었다. 그래, 다음엔 타르트 먹으러 이곳으로 와야지. 아직 끝나지 않은 내 인생을 응원한다.

노트북을 정리하고 카페를 나서려고 일어난다. 카페 사장님에게 인사를 보낸다.

기쁘게 안녕.

지금 가장 위로가 되는 건 청포도 타르트다.

시간

더운 날들이 이어지고 있었다. 오늘도 역시 뜨거운 날이었고 개도 사람도 더위에 지쳐 헥헥거리며 카페에 들어선다. 여섯 살 된 손녀딸 희지는 강아지 희동이를 놓칠세라 품 안에 넣고 소중히 바라보았다. 동물병원에 다녀오는 길에 우리는 항상 이 카페에 들른다.

반려동물이 출입이 안 되는 카페도 많은데 이곳은 희동이를 데리고 올 수 있는 몇 안 되는 공간이었다. 이별카페지만 반려동물 환영이라는 반가운 팻말까지 있다. 카페 사장이 예전에 동물 사육사 일을 했을 만큼 동물을 좋아한다. 카페를 찾는 동물들을 위해서 다양한 간식들이 항상 준비되어 있다.

그리고 초코빙수가 맛있다. 손녀딸이 초코빙수를 참 좋

아한다. 창가 쪽에 자리를 잡고 앉자 카페 사장님이 메뉴판 대신 희동이 간식을 가져왔다.

"할아버지, 안녕하세요. 희동이는 좀 괜찮은가요?"

고개를 가로저었다.

가망이 없대.

손녀딸 희지가 눈치채지 못하게 조심스레 둘만의 신호를 주고받았다. 희동이에게 간식을 주었지만 코를 몇 번 킁킁거리더니 이내 관심을 갖지 않는다. 혀만 축 늘어뜨린 채 희지의 품에 안겨 있다. 예전엔 상당히 좋아했던 간식이지만 이제는 잘 먹지 않는다.

"꼼꼼이 사장님, 안녕하세요. 저 초코빙수 주세요."

"알겠습니다. 할아버지는요?"

"나는 생강차 한 잔 주시게나."

"네, 알겠습니다."

희지는 카페 사장을 꼼꼼이 사장님이라고 부른다. 카페에 방문했던 어느 날 사장님이 종이로 꽃을 만들어 희지에게 선물했고, 희지는 어디서 배웠는지 카페 사장님을 '꼼꼼이 사장님'이라고 부르기 시작했다.

사장님이 주고 간 간식을 희지가 희동이에게 다시 먹여보려 했지만 좀처럼 먹지 못한다. 혼자 걸어 보게 하려고 해도 거의 걷지 못하고 푹 주저앉는다. 희동이의 눈빛은 새끼 때와 변한 것이 없는데 어느새 내 눈앞에 희동이는 노견이다. 희동이는 올해 열두 살이니 희지보다 정확히 두 배를 더 산 셈이다. 동물병원에서도 더 이상 손쓸 수 없다고 말했다. 그렇다. 희동이는 오늘 떠나도 이상하지 않을 만큼 이미 기운이 없다. 늦으면 몇 주, 빠르면 오늘 당장이라도 희동이는 떠날 수 있는 것이다. 희동이를 키우기 시작했을 때 너무나 귀여운 생명이 눈앞에 있다는 것이 현실감이 없었던 것처럼 지금 시시각각 다가오는 희동이의 죽음 또한 믿어지지 않는다.

무럭무럭 자라나는 희지와 하루하루 나이 들어가는 희동이를 같이 보고 있노라면 기분이 묘해진다. 생명의 태어남과 죽어감을 동시에 보는 느낌이다. 희동이가 사람의 나이로 따지면 여든의 삶을 살고 있는 나와 비슷한 연배겠지. 힘겹게 숨을 쉬고 있는 희동이가 애처로워 보인다. 나 또한 희동이의 처지와 다르지 않고.

희동이는 태어난 지 3개월 되었을 때 우리 집에 오게 되었다. 장난감 공 하나에 신나 하며 이리저리 뛰어다니는 모습에 나는 어느새 싱긋 웃어 버렸다. 산책 나가자며 현

관문 앞에서 고개만 쭉 내밀고 나를 바라보던 게 생각난다. 비 오는 날 천둥 번개가 치면 무서워서 혼자 짖었다. 그런 날엔 내 품에 안고 함께 잠을 청한 적도 있다.

내가 고단함에 지쳐 있을 때는 어느샌가 나의 머리맡에 조용히 다가와 있었지. 희지가 태어난 후에도 항상 희동이와 함께했었다. 희지의 지금껏 살아온 6년이라는 평생 속에 희동이는 모든 순간 함께였다. 이렇게 소중한 시간들이 많은데 널 보내야 할 때가 왔다는 게 참.

이 작은 꼬마 희지는 이별을 알까? 다가오는 누군가의 죽음을, 그런 이별을 어떻게 받아들일까. 희지는 초코빙수를 야금야금 잘도 먹는다. 희지가 초코빙수를 먹는 동안 희동이는 내 품으로 왔다. 사장님이 볼이 넓은 접시에 물을 담아 오자 희동이가 할짝거리며 먹었다.

이별노트를 꺼냈다. 펜으로 희동이 정면 모습을 그렸다. 네가 가장 즐거워할 때 표정을 생각하며. 이별노트에 강아지 그림이라… 아득한 기분이 된다.

소중한 친구를 떠나보내야 하는 마음이 뒤숭숭하다. 이윽고 희지가 초코빙수를 다 먹고 나를 빤히 쳐다본다. 집으로 가자는 의미다. 카페 사장님에게 한마디 건넨다.

"다음에는 할아버지랑만 올 수도 있어요."

사장이 시선을 내게 돌린다. 백 마디 말보다 눈빛 하나에 모든 의미를 읽을 수 있는 때가 있다. 사장과 나는 그런 눈빛을 주고받았다.

"꼼꼼이 사장님 또 올게요. 안녕히 계세요."

희지는 희동이를 더 세게 안았다. 쏟아지는 햇빛이 강했는지 희동이가 스르르 눈을 감는다. 희지의 그 작고 조그만 품 안에서 더 작은 강아지 한 마리가 스르르 잠이 든다.

무럭무럭 자라나는 희지와
하루하루 나이 들어가는 희동이를
같이 보고 있노라면 기분이 묘해진다.
생명의 태어남과 죽어감을 동시에 보는 느낌이다.

내가 고단함에 지쳐 있을 때는
어느샌가 나의 머리말에
조용히 다가와 있었지.

좋아하지만

조명이 꺼진다. 영화가 시작되기 전 잠시의 암흑, 친구는 팝콘을 아무렇게나 집어먹으며 묻는다.

"너 여자 좋아해?"

"뭐?"

내가?

그때 처음 알게 되었다.

내가 어떤 사람을 좋아하는지.

여중 여고를 졸업했고 대학교도 여자가 많은 과를 다녀서 알지 못했을까. 대학교 엠티를 다녀오거나 기계공학과 남학생들과 삼대삼 미팅하거나 해도, 확실히 남자에게 끌리지는 않았다. 남자에 대한 호기심은 있었지만 왠지 '좋아한다'는 느낌은 들지 않았다. 설레지 않았다. 수위 높은 영화를 볼 때면 남자보다 여자의 움직임이 아름다워 눈을 떼지 못했다. 작은 몸짓과 신음 소리에 나는 긴장되었다.

그러나 동성을 좋아하고 만지고 싶고 사랑하고 싶을 줄 몰랐다. 그때까지 남자 친구는 한 번도 없었고 남자에게 호감조차 느끼지 못한 나날들이 이어졌기에 마음은 늘 외로웠다. 나는 그런 사람인 줄로만 알았다.

너를 처음 만난 건 온라인 북클럽에서였다. 인터넷상에서 주로 이야기가 오고 갔고 정기적으로 오프라인 모임이 있었다. 나는 점점 너와의 만남을 기대했다.

우리는 오프라인 모임이 있을 때마다 자연스레 집 앞까지 데려다주고 배웅하는 사이로 발전했다. 좋아하는 작가, 음식, 커피 취향이 같고 동네 책방 다니는 걸 좋아했다. 모임이 있는 날은 화장 하나 귀걸이 하나에도, 동시에 너의 구석구석까지도 모두 신경 쓰였다. 어느 날은 너의 페디큐어가 너무 귀엽다고 몇 번이고 말해 주고 싶었다.

먼저 일을 마친 사람이 퇴근이 늦어지는 사람의 직장 근처에서 기다리는 일은 점차 일상이 되어 갔다. 만나서는 서로를 마주 보며 손을 깍지 끼고 웃음 지었다. 먼저 손을 내밀지 못하는 나 대신 너는 손을 내밀어 주었고, 나는 그 손을 잡았다.

그렇게 우린 서로를 채워 나갔다. 대화가 왜 이렇게 달콤한지, 우리는 커피에 시럽을 넣지 않아도 달달했다. 회사를 쉬는 날이면 맛집을 찾아다니고 그 주변을 산책했다. 산책의 끝에는 제일 늦게까지 영업하는 가게로 들어가 술을 마셨다. 문 닫을 시간이 되었다고 하면 24시 편의점으로 가서 라면을 먹고 얘기를 나누었으며 첫차를 타고 각자의 집으로 갔다. 직장에서 밥은 무얼 먹었는지, 티타임은 언제인지, 피곤하지는 않은지 낮 시간에는 메시지를 주고받으며 함께하지 못하는 시간을 공유했다.

너를 만나 행복을 알 수 있었다.

행복이란 것이 눈앞에 살아 있었다.

너를 통해 사랑을 배웠다.

내게 너는 큰 선물이었다.

우리의 만남은 오 개월이 지나도록 그렇게 이어졌다. 그만큼 헤어짐에 아쉬워했고 헤어지지 않을 방법을 고심하다가 동거를 해 보기로 했다. 사회생활 시작한 지 얼마 안 되는 너와 나에게는 모아 둔 돈이 거의 없어서, 방을 얻으려면 집에 손을 조금 벌리고 거기에 대출을 더해야 했다.

그리고 자각은 순간에 왔다.

함께 살 집을 알아보러 부동산을 돌아다닐 때 주변에서는 의심의 여지없이 친한 친구와 같이 사는 것으로 생각했다. 어느 곳 하나 얻기 쉬운 집이 없는 서울에서 친한 친구끼리라면 같이 사는 게 훨씬 좋다며, 잘 결정했다고 부동산 아주머니들은 아무렇지 않게 말했고 나는 점점 말할 수 없는 불편함을 느꼈다.

보증금을 마련하기 위해서는 하루라도 빨리 집에 이야기해야 했지만 입이 쉽게 떨어지지 않았다. 나는 주저하고 있었다. 그저 친한 여자 친구와 같이 산다고 하면 되는데 그러지 못했다. 태연하지 못했다. 왜 거짓말을 해야 하는지 스스로 이해할 수 없으면서 거짓말을 하지 않을 자신은 없었다. 또 거짓말을 하는 것은 불편했다. 자신을 속이지도 주변을 속이지도 못했다. 나는 주변의 시선을 감당할 수 없는 사람이라는 걸 이제야 자각했다. 불현듯 너와의 다음이 두려워졌다.

너를 사랑하는데… 너를 꺼내 놓을 용기가 없는 사람이었다. 나는.

우리에게 어떤 미래가 다가올까. 언젠가 네가 내 곁을 떠나면. 내가 너를 지금보다 더 사랑하면. 그 사랑을 다른 사람들이 알게 되면. 나는 감당해야 할 모든 게 두려웠다. 누군가 다치는 것이 싫어서 그때 처음 이별을 생각했다. 자신이 없어서.

다이어리를 펼치고 다시 방을 알아보러 갈 날짜를 헤아려 보는 너에게 나는 이별을 말하고 싶었다. 나는 무서웠다. 너랑 헤어지는 것도 그리고 주변의 시선도.

덜 다치는 방법을 찾고 싶었다.

이별에도 준비가 필요했다.

너는 내 앞에서 우리가 함께 꾸려 갈 미래를 준비하는데, 나는 너를 떠날 준비를 시작했다. 서로 깍지 낀 손이 부담스러웠다. 너의 매니큐어 색깔이 이제는 너무 튀어 보였다. 누가 우리 둘을 보고 있는 것은 아닐까. 자주 주변을 돌아봤다.

연차를 내고 서울에서 가까운 곳으로 당일치기 여행을 갔다. 경기도 양평군 양수리. 며칠 전 검색했던 이별카페가 그곳에 있었다. 두물머리라는 곳은 바람 쐬기 좋은 풍경이었다.

맛집으로 유명한 연잎밥 정식으로 점심을 먹고 옛날 철교를 걸었다. 자전거를 타는 사람들을 보고 너는 우리도 자전거를 타자고 했다. 나는 고개를 저었고 너는 입을 살짝 내밀고 아쉬움을 내비쳤다.

이윽고 이별카페가 우리 앞에 나타났다. 이별카페라는 이름을 보고 너는 살짝 놀란 눈치였다. 정말로 여기에 가려고 하는 것인지 의아해 하는 너를 이끌고 카페 안으로 들어갔다. 네 눈에 내가 보였다. 이대로 와락 안아 버리고 싶었다.

"어서 오세요."

카페 사장님이 생각보다 밝게 인사를 해서 이곳이 이별카페가 맞는지 잠시 어리둥절했다. 여기 이별하는 곳 맞지. 관광지의 여느 카페와는 다르게 조용하고 차분했다.

"관광지인데 사람이 별로 없네? 좋은 곳 잘 찾았다."

너는 말했다. 이곳은 나도 처음이라 주변을 둘러보았다. 사장님이 직접 그린 것인지 독특한 드로잉이 눈에 띈다. 몸은 하나인데 머리가 두 개. 양쪽으로 나누어진 그림이 보인다.

너는 자연스레 음료를 주문한다. 커피 취향이 같은 우리는 아이스 바닐라 라떼에 샷 추가해서 두 잔. 커피가 나오기를 기다리며 카페를 더 둘러보았다. 구석 책장에 연월만 쓰여 있는 책들이 보인다. 책을 한 권 꺼내 보니 '이별노트'라고 써져 있다.

우리는 무슨 말로 이별할까. 이 노트에는 힌트가 있을까. '모두 혼자가 된다.' 그래… 혼자가 되려고 왔어.

테이블로 돌아와 앉자 초조해 보이는 너는 내 두 손에 깍지를 끼며 마주 잡았다. 웃음 지으며 나를 바라보는 너를 보니 그냥 이대로 시간이 멈춘다면.

우리 이제 어떡하지.

어려운 하루다.

일부러 이별카페를 찾아왔다. 이 카페에서 용기를 얻어 너에게 이별을 고하려고. 내내 입을 다물고 웃지 못하는 내 모습을 보며 너는 끼었던 깍지를 풀며 물었다.

"오늘 하루 종일 이상해. 나한테 뭐 할 말 있어?"

애먼 빨대를 씹으며 나를 쳐다본다. 누가 우리의 이야기를 듣지 않을까 주변을 둘러봤다. 사장님도 신경이 쓰였다. 내가 눈치 보고 있다는 것을 알았을까. 사장님은 잠시 밖으로 나갔다. 지금이다. 지금이 헤어질 타이밍이다.

"헤어지고 싶어."

나는 눈도 마주치지 못하고 조용히 말했다.

"우리 아직 시작도 안 했어. 농담하지 마."

너는 내 말을 쳐내려고 했다.

"농담 아니야. 전부터 생각했어."

"같이 살자며. 이런 이별카페나 알아보고 다녔어?"

"난 용기가 없어. …무서워."

너를 떠나보내는 것도 무섭지만 주변의 시선이 날 더 두렵게 했다.

"무슨 용기가 필요해? 뭐가 무서워?"

"사람들한테 우리를 어떻게 설명해…."

"날 그만큼 좋아하지 않는 거지? 그래서 그렇지?"

차라리 좋아하지 않는다고 말할까.

"사랑해. 그래서 더 무서워. 결국 상처받을 거야."

"다시 다른 사람 사랑하기 쉬울 것 같아?"

너의 목소리가 너무 큰 것 같아 주위 눈치를 살폈다. 카페는 고요했고 손님은 우리뿐이었지만 누군가 우리를 지켜보는 것 같았다. 그래, 수많은 그림들이 지켜보고 있었다. 그 시선마저 따가웠다. 나의 세상이 그렇게 불편했다.

"평생 지금을 후회하며 살게."

"그 마음이 영원할 것 같아? 우리를 막는 게 뭔지 알아? 너 스스로야. 왜 시작도 안 하고 포기하려고 그래. 헤어지고 싶지 않아. 더 오래 함께 있고 싶어."

"미안해, 난 더할 자신이 없어. 너를 너무 사랑하는데, 더는 자신이 없어."

"주위 시선 생각 안 해 본 것도 아니잖아."

"차라리 죽어 버리고 싶어. 진짜… 빌어먹을. 못하겠어."

"죽는 게 쉬운 줄 알아? 죽고 싶다는 말로 날 겁주지 마."

"미안해… 제발 그만하자."

얼마나 지났을까. 이 지루한 대화에 너는 할 말을 잃은 듯했다. 사실. 이 한마디면 끝날 사이였다. 우리는.

"내가 누구라는 걸… 다른 사람이 알게 되는 게 싫어."

너는 처음으로 내게서 시선을 돌렸다.

"그래 그만하자."

나와 더 싸우고 설득해 주길 바라는 마음도 있었을지 모른다. 계속 화라도 냈으면, 그래도 너와 나는 함께해야 한다고 말해 줬으면. 그러나 이제는 이대로 헤어질 수 있다. 그만하자는 너의 목소리가 슬프다. 자리에서 먼저 일어나던 너는 몸이 한 번 휘청. 나는 잡아 줄 수 없다. 누군가 우리를 볼 것이다.

덜컹. 카페 문이 열렸다가 닫히는 소리가 난다. 네가 떠났다. 입가가 파르르 떨린다.

책장에 꽂혀 있던 이별노트를 꺼냈다. 너와 내가 헤어지는 오늘, 뭐라도 하지 않으면 다시 널 붙잡고 싶어질 거다. 뜨거운 눈물이 가슴으로 흘렀다. 눈물은 아래로 흐르고 우리의 엔딩크레딧이 오른다. 펜을 들어 꾹꾹 눌러썼다. 손이 떨려 힘을 가득 주고 그렇게 썼다.

'용서하지 마.'

외로운 시간이 깊게 다가와 오래 머문다. 아이스 바닐라 라떼는 얼음이 녹아 커피 색이 흐릿해졌다. 커피가 너를 닮았다. 너와 깍지 끼던 손, 그래 이 손도 너를 닮았다. 카페에 있는 그림들이 너의 눈빛을 닮았다. 내 모든 게 너를 떠올리게 한다.

카페 사장님은 우리에게 음료를 건네준 이후 지금까지 보이지 않는다. 우리의 지난한 이별을 본 사람이 없어서 다행이다. 카페 문을 열고 밖으로 나간다. 몇 걸음 걷다 뒤돌아서 내가 지나온 문을 바라보았다. 나를 마주한다. 나지막이 묻는다.

"내가 뭘로 보여요?"

차라리 죽어 버리고 싶어.
진짜… 빌어먹을. 못하겠어.

죽는 게 쉬운 줄 알아?
죽고 싶다는 말로 날 겁주지 마.

너를 만나 행복을 알 수 있었다.
행복이란 것이 눈앞에 살아 있었다.

그날

맑게 갠 하늘에 하얀 물감 풀어 놓은 듯 구름이 연신 지나갔다. 2년 만에 다시 이곳에 왔다. 인수야. 잘 지냈니.

너와의 마지막 만남이 경기도 양평 양수리 이곳이었기 때문에 가장 가까운 곳에서 널 보내 주러 왔다. 오늘 이별 노트, 여기에 내 슬픈 이별을 쓰려고 한다. 인수 너를 보낼 기회는 생각보다 많이 있었는데 내가 너를 떠나보내지 못했다. 그런데 이제는 정말 보내 주려고. 유자차를 한 잔 주문하고 펜을 들었다. 다시 내려놓고 유자차를 한 모금 마신다. 다시 펜을 들었다.

내 남자친구 박인수에게

고등학교 때 장난처럼 사귀게 된 우리가 10년이 넘도록 사귈 줄은 몰랐어. 이렇게 오래된 연인이 될 줄이야. 고등학교 때 우리는 대학 진학 후에도 헤어지기 싫어서 같은 대학에 가기를 희망했지. 나는 서울에 있는 학교에 한 번에 합격했고 인수 너는 두 번의 노력 끝에 나와 같은 학교에 입학하게 되었어. 그때 너의 마음이 참 고마웠어.

우리는 학교 다니는 내내 과만 달랐지, 교양과목도 함께 듣고 도서관에도 늘 함께 갔지. 아르바이트도 같이 하고 말이야. 네가 군대를 가게 되면서 그동안 너랑만 시간을 보냈다는 걸 나는 처음으로 알게 됐어. 주변에 친구가 없더라고. 하지만 후회되지는 않았어. 시간이 지나면서 같은 과 친구들 두세 명과 친해졌고 너 없는 시간도 덜 외롭게 보낼 수 있었어.

나는 졸업 후 화장품 마케팅팀에 입사했고 너는 군대를 다녀온 다음 대학을 마치고 대학병원 방사선과에서 일을 시작했지. 늘 한결같았던 우리는 결혼을 약속하고 함께 미래를 꿈꿨었어.

우리 둘은 주말이면 교외로 나가 활동적인 시간을 많이

보냈었지. 스키, 등산, 스킨스쿠버, 수영, 우리는 어디로든 떠났어. 봄꽃도 절정이고 자전거 타기 좋을 것 같아서 그날은 자전거 여행코스로 좋다는 양수리를 가기로 했어. 그날 이곳은 오지 말걸. 그치. 내 삶에서 도려내고 싶은 그날이 온 거야.

경의중앙선을 타고 양수역에서 하차하여 지금 같은 맑은 하늘과 예쁜 구름을 보며 연신 카메라 셔터를 눌렀어. 서울과 멀지 않은 곳에서 이런 멋진 풍경을 볼 수 있다는 게 신나고 좋았어. 앞으로 일어날 일도 모르고 우리 너무 즐거웠나 봐. 양수역 건너편에 있는 카페에서 내가 아이스커피를 사는 동안 너는 자전거 대여소에서 성인 자전거 두 대를 빌리기로 했지.

내가 먼저 그 길을 걸어갔어야 했는데….

주문한 아이스커피 두 잔을 건네받고 뒤돌아서는 그 순간 큰 구름이 내 시야를 가린 것처럼 세상이 어두워졌어. 둔탁한 '퍽' 소리와 함께 트럭이 무엇인가를 삼키는 게 어렴풋이 보였지. 커피 두 잔이 내 손에서 떨어져 바닥에 나뒹굴었고 난 주춤거리며 너에게로 다가갔어. 설마… 인수야….

내 곁에 네가 없다는 게 믿어지지가 않았어. 난 도무지 정신을 차릴 수 없어서 회사에 사직서를 내고 6개월은 은둔 생활을 한 것 같아. 꿈에도 네가 나타나질 않더라. 인수 너희 어머님에게 매일 전화가 왔었어. 잘 지내느냐, 밥은 먹고 다니느냐, 인수가 보고 싶어질 때에는 너에게 연락해도 되느냐. 난 어머니와 같이 울면서 그 전화를 받았어.

너 없이도 살아가기는 해야 하니까 나 얼마 전에 새로운 직장에 취업했어. 직장 여자 동료들과 친해지면서 그 무리에 섞여 보려고 무척이나 애썼어. 클럽도 자주 갔어. 직장 근처 포장마차에 가서 술도 많이 마시고. 남자들이 다가올 때도 있었어. 술 한잔 같이 하자고. 널 떠나보내고 더 많은 남자들을 만난 것 같아. 그런데 왜 이렇게 공허하고 채워지지 않을까. 10년 넘게 너만 바라본 내 인생이 참 단조롭더라. 인수 너 같은 사람은 앞으로도 만날 수 없겠지?

내 방 서랍에 보관된 너와의 추억 꾸러미들. 버리지 못하고 아직도 거기에 쌓아 놨어. 내 집에 다른 남자가 올 때면 네가 지켜보는 느낌이 들어. 내가 너를 보내지 못한 것처럼 너도 날 잊지 못한 거니….

인수야. 나 이제 결혼해.

결혼할 그 남자를 한 번 만나고 두 번 만나고, 세 번 만나고… 눈물이 나더라. 그 사람한테 안겨서 울어 버렸어. 그런데 왜 우냐고 묻지 않는 거야.

인수야 나 너 없이 행복해도 될까.

인수 너의 어머님께도 말했어. 다른 남자가 생겼다고. 어머님께서 축하한다고 울면서 말씀하셨어. 이제는 행복하게 살았으면 좋겠다고.

이제 서랍 안의 너를 떠나보낼 거야. 내게 남은 마지막 너를. 이제는 보낼게.

너의 오랜 연인으로부터

펜을 내려놓는다. 미소를 짓는다.

'나 행복할게.'

왜 이렇게 공허하고 채워지지 않을까.
내 인생이 참 단조롭더라.

맑게 갠 하늘에
하얀 물감 풀어 놓은 듯 구름이 연신 지나갔다.
잘 지냈니.

이해가 되는 일

"다녀오세요."

"네."

간호사가 내게 다녀오라고 인사했다. 나는 아버지와 동행하에 병원 밖으로 나왔다. 햇빛은 화창하고 바람은 그저 그렇다.

'아, 이게 얼마 만의 바깥 구경이냐.'

지방에 계신 아버지가 입원한 나를 보러 오셨고 오늘 하루, 정확히는 오전 10시부터 저녁 5시까지 외출을 받았다. 다른 사람들은 이틀 사흘 정도 외출도 되지만 나는 아니었다.

우울증이 심했던 나는 지금 정신과 폐쇄병동으로 실려

온 지 한 달째다. 운이 좋은 건지 재수가 없는 건지, 자해 시도를 하다가 동네 친구에게 들키고 말았다. 제대로 시도를 해 보지도 못하고 병원에 실려 와서 한편으로는 난처한 상황이었다.

"커피 마시고 싶어요."

아버지는 딸내미 드라이브도 시켜 주고 싶은 마음에 강가에 있는 카페를 가기로 했다. 이별카페라는 곳을 들어갔다.

"카라멜 마끼아또 하나랑 아메리카노 한 잔이요."

캬아… 너무 맛있다.

"네 엄마랑은 연락되니?"

아… 찬물을 끼얹네.

"아니요."

서른 살이 되었을 때 날 낳아 준 엄마를 처음 만날 수 있었고, 서른두 살이 된 지금, 이틀 전에 엄마를 잃었다. 정확하게 말하면 내가 두 살 때 엄마라는 여자는 나를 버리고 아버지와 이혼을 했다. 그리고 서른 살에 아버지가 엄마의 연락처를 줘서 다시 만나게 되었다. 그리고 얼마 전 내 우울이 심해져 자해하는 것을 보고 놀랐는지, 이틀 전 나를 다시 버렸다.

나는 서울에서 자취하며 직장생활을 했고, 그 여자는 경기도에 살았다. 몇 번 왕래를 했기 때문에 아버지는 내가 여전히 그 여자를 만나는 줄 알았던 듯하다. 그런데 내가 이틀 전에 아버지에게 전화를 한 것이다. 엄마라는 사람이 날 또 버리고 갔다고. 하루아침에 보호자가 없어져서 병원에서도 새로운 보호자로 아버지를 찾은 것이다. 진짜 정 안 가.

아, 그래서 오늘 점심으로 소고기를 먹기로 했다. 점심을 먹고 복합 쇼핑몰에 가서 쇼핑을 좀 할 예정이다. 병원에는 너무 갑자기 입원하게 되면서 속옷도 변변찮고 생리대도 쓰던 게 아니었고 여러모로 불편한 게 많았다.

병동에 같이 입원한 사람들에게 간식 얻어다가 먹곤 했는데 나도 좀 사다 줘야지. 병동에서 먹으니까 파프리카, 오이 같은 것도 맛있었다. 그런 것도 좀 사고 과자랑 초콜릿도 사 가야지.

과도가 반입이 안 되니 과일로는 간편하게 먹을 수 있는 방울토마토, 귤 같은 거가 좋겠다. 오래 두고 먹을 수 있는 걸로 사 가야지. 그리고 병원에 있는 편의점에 가서 병동에서 쓸 수 있는 공중전화 카드도 사야 되고.

2년 전 그 여자와 처음 만날 때가 생각난다. 미안하다며 내 앞에서 울던 중년의 여자. 난 또 거기다 대고 이해한다고 말했다.

"이해해요…."

뭐를 이해해? 나 버리고 이혼한 걸 이해한다고? 나 버리고 갔지만 지금이라도 만나게 된 걸 이해하라고? 그때 이해하는 척하지 말걸. 화내고 욕하고 자동차를 다 때려 부술걸. 그런데 그 순간에는 이해할 수 있을 것 같았다.

카페 책장 한쪽에 연월만 쓰여 있는 책들이 보인다. 뭐지? 하아… 이별노트. 강아지 그림도 그려져 있고, 굿바이 마이 프랜드라고도 쓰여 있다. 주변 눈치를 보니까 카페 벽면 그림들도 우울한 게 나랑 좀 어울리는 카페 같다. 한 상대에게 두 번이나 버려진 것도 아주 구질구질한 이별 아닌가. 때마침 아버지가 화장실에 간다. 나도 적어야지.

'이해는 하는데, 용서가 안 돼.'

장이나 보러 가야겠다. 그렇게 생각하며 이별노트를 덮으려는데, 왈칵! 울음이 쏟아졌다.

'아… 씨… 이게 뭐야.'

그 여자.

엄마.

엄마라는 사람에 대해서 야속하게 생각한 순간이 더 많았지만 그립기도 했다. 서른 살부터 서른두 살까지, 짧은 2년간의 시간이 엄마와 나 사이에 추억으로 쌓여 있다. 엄마는 내게 미안하다며 울었었다. 혼자만 남겨 두어서 미안하다고. 내가 한창 엄마가 그리웠던 시절에 만났더라면 나도 같이 눈물을 쏟았겠지만 그저 휴지만 건네주고 말았다.

엄마는 새로운 가정을 꾸려 아이를 둘이나 낳았다고 했다. 아이라고 하기에는 이제는 다 컸고, 군대에 가 있는 젊은 청년 두 명. 그리고 어렵사리 들은 말은 두 번째 결혼도 이혼으로 끝나고 말았다는 것이다.

'나 버리고 갔으면 잘 살지. 엄마의 삶도 참 딱하다.'

그리고 이어진… 두 번째 버림도 이해가 되었다. 자기가 세상에서 처음으로 낳은 딸을 버리고 새로운 가정을 꾸렸다. 거기서는 군대 보낼 만큼 큰 아이가 둘이나 있고, 그 아이들이 이만큼 클 때까지 나에게는 아무런 소식도 전하지 않았다. 그 첫아이가 우울증이 심해 자해까지 시도한다면 엄마라는 사람의 마음은 얼마나 무너질까. 마음이 두 배, 세 배로 더 찢어지겠지. 모두 자기 탓인 것만 같겠지.

그런 엄마를 이해하고 그만 놓아 주려고 했다. 그래서 두 번째로 버려지는 날, 난 엄마에게 더 모질게 말했다. 나를 찾지 말라고, 두 번 다시 보고 싶지 않다고 모진 말로 대했다. 엄마가 날 버리도록 유도했다. 후회는 하지 않는다.

가끔 그립긴 하다. 엄마가 그리운 건 상처받은 유년시절의 나이지, 지금의 내가 아니다. 그러니까 지금 흐르는 눈물은 어릴 적 나의 것이지, 지금의 내가 우는 게 아니다.

병원에 있으면서 무서워도 눈물 한 방울 흘리지 않고 꾹꾹 참았는데, 이별카페… 이곳 분위기에 내가 잠시 방심했다. 아버지가 화장실에서 나오는 문소리가 들린다. 얼른 눈물 자국을 지운다.

뭐를 이해해?

그런데 그 순간에는 이해할 수 있을 것 같았다.

엄마가 그리운 건
상처받은 유년시절의 나이지,
지금의 내가 아니다.

외딴섬

중혁은 첫사랑을 닮았다.

햇볕에 그을린 구릿빛 피부, 잔잔한 호수 같은 눈빛, 짙은 눈썹, 늘 정갈하게 다듬은 머리카락, 키는 너무 크지도 작지도 않게 나란히 서면 내 시선이 그의 어깨에 닿을 그 정도. 체크무늬로 된 남방을 즐겨 입고 캐주얼한 남색, 베이지색 바지를 자주 입었다. 그의 웃음은 봄날의 햇살을 닮았다. 젊음이 아름다움을 더했다. 중혁은 그림을 참 잘 그렸다. 그림을 그리고 있으면 주변에 어린아이들이 모여들어 자기들을 그린 그림을 보고 까르르 웃고는 했다.

젊은 카페 사장님이 "안녕하세요" 인사를 한다. 중혁과 미소가 닮은 듯했다. 자리를 잡고 앉아 아메리카노 한 잔을 주문했다. 액자에 걸린 그림들이 독특하고 참신하다. '보미리토'라는 작가명이 있다. 내 동화에 삽화를 요청하고 싶을 만큼 마음에 든다.

노트북을 켠다. 그와의 이별을 생각한다. 부족함이 없이 완벽한 중혁은 이름난 동화작가이자 나를 사랑해 주는 내 남편이다. 중혁은 나와는 다르게 동화작가로 이름이 있고 유명한 동화작가상 수상도 여러번 했다. 동화책으로 베스트셀러 작가가 되었고 꾸준히 책이 팔리고 있으며 그에 힘입어 13권 넘게 시리즈로 출간했다.

달팽이와 대화를 나누며 친구가 되는 소녀 이야기 《내 친구는 달팽이》, 순수한 아이들의 소원을 들어 주는 《꿈을 이루는 연필》, 해녀인 엄마를 아이의 눈으로 표현한 《물놀이하는 엄마》 등 아름답고 따뜻한 작품이 여러 편 있다.

동네에서는 아이들에게 그림책을 읽어 주는 '동화 삼촌'이라 불리며 살았다. 항상 아이에게 살가운 사람이었다. 그는 아버지가 일찍 돌아가시고 아버지의 사랑을 받아 보지 못한 자신과 같은 아이들을 헤아렸다. 그리곤 동화 속에 아이들을 따뜻하게 보듬어 주는 인물을 만들어 냈다.

어찌 이런 사람을 사랑하지 않을 수 있을까.

그를 남편으로 둔 아내로서 나는 주변의 부러움을 한 몸에 받았다. 그는 나를 많이 좋아해 주는 완벽한 남편이었다. 그러나 나는 외로웠다. 함께 있을수록 더욱.

남들은 모르는 그의 모습이 있었다. 중혁은 그와 나 사이에 아이 가지기를 원치 않았다. 남들에게는 살가운 동화 삼촌으로 불리면서 자신의 아이에 대해서는 냉정했다. 아이라는 가족을 만들기 싫어했다. 그에게 처음으로 그 이야기를 들었을 때 큰 충격을 받았다. 언제나 따사로운 사람이고 좋은 아빠가 되어 줄 수 있다고 생각해 왔다. 그런 사람이 아이를 싫어하다니. 그런 사람이 이렇게 따뜻한 동화를 쓰고 있다니.

그는 아주 깔끔한 사람이었다. 한 번 덮은 이불도 빨아야 했고, 한 번 입은 옷도 세탁을 해야만 직성이 풀렸다. 한겨울에도 세탁이 가능한 패딩 종류만 입고 외투도 자주 빨래를 했다. 물론 내게 맡기거나 하지는 않았다. 모두 본인이 알아서 했다. 그럴 수도 있다고 생각하려 했지만, 그렇다고 내가 불편하지 않았을까. 그가 깨끗이 하고 싶어

하는 것들 속에 나도 포함되어 있지 않았을까.

중혁은 동화작가로 아주 유명한 사람이고, 나는 그냥 동화작가이다. 우리가 처음 만난 것도 동화작가 모임에서였다. 내가 쓰는 작품들은 번번이 동화책으로 만들어지지 못했고 동화책으로 만들어져도 인기를 끌지 못했다. 어쩔 수 없이 남편과 비교하게 되고 나 스스로 자격지심을 이겨내지 못했다.

중혁의 책이 베스트셀러가 되면 축하한다고 하면서도 이게 나의 진심일까 의심되었다. 내 이름은 언저리에도 나와 있지 않은 중혁에 대한 기사를 보는 것도 불편했다.

내 작품이 매번 변변찮은 결과에 멈춰 있다는 걸 중혁은 잘 알고 나를 응원해 주기도 했지만 그게 고깝게 들리기도 했다. 날 놀리는 건가. 그리고선 그런 식으로밖에 생각하지 못하는 나 자신이 초라했다.

나는 이렇게 살아도 되는 걸까.

가족이라는 가장 내밀한 곳에도, 동화작가라는 이름으로 살아가는 바깥세상에서도 어디 하나 제대로 소속되지 못하고 헛도는 느낌으로, 나는 이렇게 계속해서 살아가도 되는 걸까.

중혁은 다음 작품을 위해 여행을 준비했다. 한 달 정도 강원도에 머물면서 산에 오를 생각이라고 했다. 그건 여느 때처럼 상의가 아니라 통보였다.

나는 당신의 아내가 아니었다.

나도 여느 때처럼 잘 다녀오라고 하면 되는 걸까.

"나도 여행이 필요해."

"응?"

"나도 생각할 시간이 필요해."

중혁에게 말했다. 처음으로 나도 여행이 필요하다고 말했다. 나는 작품이 아니라 내 인생을 생각해 볼 시간이 필요했다. 중혁이 꿈꾸고 보여 주었던 동화 속 세상, 난 그 세상이 곧 당신이라고 생각했던 거였다. 당신을 선택하고 미래를 결정하는 순간에, 내가 손에 붙잡고 있었던 건 당신이 만들어 낸 허구였던 것이다.

중혁은 여전히 누가 봐도 완벽한 남자였지만 나는 노트북 하나 들고 집 밖으로 나와 버렸다. 그리고 이별카페를 찾았다. 혼자서 떠나는 이별 여행. 어쩌면 내 인생과 비로소 만나는 여행이 될 수 있다. 끝이 아니라 시작인 여행.

시작을 시작하는 여행.

이제는 현실은 소설처럼 소설은 현실처럼, 내 인생의 만일의 길을 몇 가지 만들어 볼 차례다. 중혁에게 느끼는 감정은 분명 자격지심일 것이다. 그것은 어쩔 수 없는 일이겠지만, 자격지심 때문에 내가 곪아 가는 걸 그대로 두어서는 안 될 일이다.

깔끔하고 완벽한 자신의 인생만 생각하는 사람, 동화 속 주인공을 자신에게 투영해서 스스로 맑은 사람이라고 믿어 버린 사람, 그러나 곁에 있는 사람을 외롭게 만드는 사람. 그 사람을 지운 나의 삶을 시작해 볼 차례다.

키보드에 손을 얹고 천천히 글을 입력한다.

"안녕, 네가 잘 지내면 좋겠어."

남은 아메리카노를 술잔을 비워 내듯 털어 마셨다. 사랑이 끝나 간다. 이별노트에 다시 몇 글자 적는다.

"안녕, 네가 잘 지내면 좋겠어."

네가. 내가.

그가 깨끗이 하고 싶어 하는 것들 속에
나도 포함되어 있지 않았을까.

당신을 선택하고 미래를 결정하는 순간에,
내가 손에 붙잡고 있었던 건
당신이 만들어 낸 허구였던 것이다.

끝이 아니라 시작인 여행.
시작을 시작하는 여행.

기약

48년 지기 우리 사이에 돈 문제가 끼어들었다. 가까운 사이일수록 돈거래는 하는 게 아니라지만 나는 너의 자신감을 믿을 수 있었다. 48년간 보아 온 너라는 사람, 김정수라는 사람을 믿었다.

정년퇴직을 앞두고 정수는 경기도 양평군에 고깃집을 오픈했다. 주방까지 합쳐서 65평 정도인 곳에서 장어와 돼지갈비를 팔 계획이었다. 은행에서 대출을 받고도 보증금 2억 정도가 부족했다. 1억은 건물주가 빌려 주는 셈 치고 일단 영업하며 갚으라고 했고 5천만 원은 친척에게 빌렸다. 나머지 5천만 원은 내게 부탁했다. 정수는 주식은 커녕 로또마저도 하지 않는 친구였다. 혹하기 쉬운 땅 투기에도 관심 없는 아주 건실한 친구라서 오래도록 지켜봐

온 시간 이상으로 널 신뢰할 수 있었다. 딸 시집보내려고 모아 온 적금을 아내 몰래 해지하고 빌려주었다. 어리석은 건 나였다.

정수는 매달 100만 원씩 꾸준히 돈을 갚았다. 역시 건실하게 가게를 운영하고 있는 것이었다. 내가 다니던 회사는 서울 강동구에 위치했는데도 동료들과 회식이 있을 때는 일부러 양평까지 가기도 했다. 돼지갈비 한 점이라도 더 먹으며 친구의 성공을 응원했다. 직장 동료들은 친구 가게인 것을 알고 음식 맛을 걱정했지만 나는 걱정보다는 응원하는 편이 좋았다.

내 딸은 아직 결혼할 남자도 없는 것 같고 자기가 좋아하는 일을 하며 바쁘게 살았다. 바빠서 나와 아내가 함께 사는 집에는 잘 오지도 않았다. 정수 아들은 캐나다에 유학을 갔다가 그곳에서 만난 유학생 여자와 결혼까지 했다. 정수는 아들 유학도 보내고 결혼도 시킨 능력 있는 아빠였다.

나와 정수는 흔히 말하는 비밀이 없는 사이, 그런 사이였다. 48년 지기인데 말 못 할 것이 뭐가 있겠나.

어느 날 정수는 내게 할 말이 있다고 했다. 평생 사무실 책상에서 일하던 사람이 고깃집 사장이 되어 몸으로 뛰어서 그런지 피부도 거칠어 보이고 안색도 어두웠다.

"무슨 일 있어?"

정수는 건물주와 은행에 빚이 있는데 그중 은행 대출상환일이 얼마 안 남았다고 했다. 이번에 상환해야 할 돈은 2억 가까이 되었다. 건물주에게 처음에 빚진 1억과 은행 대출이자, 월세, 인건비, 재료비, 아들 유학자금까지 모은 돈보다 쓸 돈이 많아서 내내 힘들었다고. 가게를 개업하고 처음으로 힘든 얘기를 꺼낸 정수가 딱하게 느껴졌다. 그동안 혼자 끙끙 앓았을 것이 눈에 훤했다. 그런 친구였으니까.

내 퇴직금을 당겨 받는다고 치고 노후자금으로 저축해 둔 돈, 거기에 집을 담보로 대출 조금 받으면 2억을 마련할 수 있을 것 같았다. 가능성이 전혀 없으면 이렇게까지 하지 않았을지도 모른다. 그런데 여기저기서 모아 보면 한 번 더 정수를 도와줄 수 있을 것 같았다. 정수의 눈에는 희망이 있었다. 금액은 크지만 믿을 만한 친구니까. 지금 잠깐 힘든 거지, 다시 일어날 수 있는 친구니까. 나는 너를 도와야 했다.

당연하게도 가족에게 내 입지가 흔들렸다. 딸아이의 결혼자금 5천만 원짜리 적금을 깬 걸 아내가 알게 된 것이다. 도로 찾아오라고 울고불고 난리인 아내에게 나는 "정수는 내가 잘 알아", "믿을 만한 놈이야"라는 흔한 말밖에 할 수 없었다. 그런 말로만 설명할 수 있었다. 퇴직금과 주택담보 대출금까지 빌려준 걸 알고 결국 아내는 머리를 싸매고 누웠다.

내 눈에 뭔가 씌였던 걸까.

나는 집에서 도망치듯이 출근했다. 이제 정년까지 얼마 남지 않은 직장이 도피처가 되어 주었다. 야근을 핑계로 귀가가 늦어지는 날이 늘어 갔고, 내가 그럴수록 아내는 회사까지 찾아와 얼른 우리 돈을 찾아오라고 신신당부했다. 아마 내 가정도 무너지고 있었던 것이다.

정수네 가게는 장어와 돼지갈비에 이어 갈비탕, 양갈비까지 판매하는 메뉴가 늘어 갔다. 메뉴를 늘리면 장사가 더 잘 되겠지 싶었고 입금되는 날을 손꼽아 기다렸다. 정수가 전화를 안 받을 때도 많았지만 가게가 바빠서 전화를 못 받는 거라고 희망을 붙잡았다. 그러다가도 갑자기 불안해져서 가게로 전화하면 제수씨가 전화를 받았다. 그러면 다시, 믿고 싶었다.

매달 이어지던 입금이 끊긴 날 나는 탕, 뭔가 끊어지는 걸 느꼈다. 반차를 내고 급하게 양평으로 달려갔다. 식당에는 제수씨와 함께 일하는 몇몇 사람이 보였고 정수는 보이지 않았다. 하아… 그래도 제수씨가 있으니 어디 도망간 건 아닌 것 같아 잠시나마 안도할 수 있었다. 그러나 정수에게 아무리 전화해도 연결되지 않았다. 뭔가 잘못되고 있었다.

그 뒤로도 정수를 보기는 어려웠다. 가게까지 와서 찾아보아도 제수씨밖에 보이지 않았다. 제수씨가 무슨 잘못이 있겠어. 정수가 없는 날이면 근처 2층짜리 한옥으로 된 커피숍에서 정수를 기다렸다. 카페 이름이 이별카페라는 건 한참 후에 알았다.

"옆에 고깃집 사장 아들, 유학 갔다가 공부 못 마치고 돌아왔다면서?"

"맞아. 이혼하고 거의 폐인이 돼서 돌아왔대. 위자료도 엄청 뜯겼다던대."

"저 고깃집도 다 빚이래. 사업도 못하는 사람이 가게만 크게 열어 가지고 여태 보증금도 못 갚았대."

"보증금이 뭐야, 월세도 힘들다고 들었어. 장사도 안 돼서 사람 쓰고 인건비도 못 주고, 재료도 질 떨어지는 거 써서 가는 손님도 없어. 뭣 모르는 관광객이나 가지, 이 동네 사람들은 하나도 안 가잖아."

"마누라 혼자 열심히 해 보겠다고 뛰어다니는데 빚쟁이들이 하도 찾아와서 맨날 운단다."

"으휴, 남자가 능력도 없이. 쯧쯧."

두 남자의 대화는 이제 다른 가게 흉으로 넘어갔다. 설마. 내 가족을 담보로 친구의 빚잔치를 도와준 것일까. 더 이상 기다리기만 해서는 안 된다는 생각이 퍼뜩 들었고 고깃집으로 찾아가 제수씨에게 물었다. 도대체 정수 어디 갔느냐고.

갑자기 날아든 현실감에 한 방 맞았다. 장사가 잘 되면 이자까지 쳐서 갚아 주겠다던 말을 아마, 난 아직도 믿고 있었다.

"정수 어디 있어요? 제수씨는 연락하죠? 말해 봐요."

"저도 몰라요."

씨발, 모른단다. 아내에게 계속해서 전화가 왔다. 나는 휴대폰을 바닥에 집어던졌다.

직장에는 사직서를 냈다. 정수를 찾고 그 돈을 받아야 했다. 일은 아무 의미가 없다. 나까지 흔들리고 있는 걸 눈치챈 건지 마누라는 이제 울지도 화내지도 못했다. 멍한 눈빛으로 창밖만 바라보았다. 있어 봐. 돈 찾아올게. 딸내미 시집보내야지. 퇴사도 앞당겨 했으니 이제 우리 하고 싶은 거 하며 살아야지. 우리 집, 우리 이름으로 된 이 집에서 계속 살아야지. 그렇게 되도록 할게. 조금만 기다려 줘.

제수씨를 찾아가 무릎을 꿇고 말했다. 정수가 있는 곳을 알려 달라고. 나도 좀 살려 달라고. 그동안 정수는 신용불량자가 되고 집도 빼앗겼다는 걸 나는 까맣게 모르고 있었다. 엎친 데 덮친 격으로 유학 갔던 아들은 이혼하고 돌아오고 월세도 인건비도 감당 못해 아내만 힘들게 한 무능한 남자라고 동네에 소문이 대단히 났다. 그러니 내 귀에까지 들어왔을 것이다.

제수씨에게 말했다. 정수 이 자식 돌아올 때까지 기다리겠다고. 그게 오늘이든 열흘이 넘고 한 달이 넘어서든 기다리겠다고. 그리고 나는 고깃집 옆 카페로 갔다. 이별카페로.

친구를 믿었던 마음은 허망하게 흩어지고 있었다. 뭐든 해서 돈을 찾아보려던 마음과는 상관없이 내가 할 수 있는 일은 별로 없었다. 하루 이틀 열흘이 지나고 한 달이 지나가도록 고깃집에 들러 내가 오늘도 왔다는 걸 제수씨에게 알리고 이별카페에 죽치고 앉아 있는 것만이 가장 명확하게 내가 할 수 있는 일이었다.

아내는 나마저 폐인이 되는 꼴은 못 보겠다고 무엇이든 새로 시작해 보자고 말했다. 아내의 말은 나를 울고 싶게 만들었다.

"미안해 여보."

"우리끼리 뭐라도 해 보자."

그렇게 서로 부둥켜안고 우리는 한참을 울었다.

그다음 날. 검은 정장을 입고 나만의 준비를 갖췄다. 정수 아니 원수가 된 그놈에게 문자를 남겼다. 오늘이 마지막으로 널 기다리는 날이니까 얼굴 한번 보자고. 그리고 제수씨에게도 차분한 목소리로 정중하게 말했다. 오늘이 마지막이라고. 그리고 이별카페로 들어섰다.

오늘 나의 마음은 조금 홀가분했다. 그렇게 오랫동안 이 카페에서 정수를 기다렸건만 마음의 여유가 없어서인가 아무것도 눈에 들어오지 않았었다. 이 카페에 오는 것도 오늘이 마지막. 오늘에서야 하나하나 둘러본다. 카페 벽면 가득 캐릭터 라바를 닮은 듯한 그림들이 개구졌다.

수많은 이별노트들, 이곳에 수많은 이별이 기록되어 있구나. 나도 오늘 내 인생의 원수가 된 그놈과 이별하려고 왔다. 그래도 오늘은 꼭 정수가 올 것만 같았다. 나도 한마디 써 볼까. '48년 지기 둘도 없는 죽마고우에서 이제는 원수가 된 너와 이별한다.' 덧붙여 쓴다. '30년 넘게 벌어 온 내 돈… 내 돈과 이별…'이라고 썼다가 다시 엑스를 친다. 이건 생각하기도 싫다.

아메리카노를 마신다. 이제야 제대로 맛을 본다. 이 카페와 이 아메리카노도 여기서 안녕이다.

밖에 비가 온다. 우산도 쓰지 않고 내리는 비를 하염없이 맞으며 너는 걸어온다. 오랜만에 보는 익숙한 실루엣이다.

'새끼, 우산이라도 쓰고 오지.'

카페 문이 덜컹 열린다. 너는 천천히 다가온다. 수염은 언제 깎았는지 이미 얼굴을 뒤덮었다. 안경은 앞이 보이기나 할는지 걱정될 정도로 뿌옇다. 피부는 검게 그을리고. 완전 거지꼴을 하고 나타났지만 정수 네가 맞다.

널 보면 멱살이라도 잡을 줄 알았다. 내리는 비를 보니 아무 생각이 없어진다. 손이 부르르 떨리고 주먹도 쥐어 보지만.

"미안하다. 당장 줄 돈이 없어."

"너 갚을 능력 없는 거 알아. 나 너한테 돈 안 받아. 대신에 평생 너를 용서하지 않을 거야. 다신 내 눈앞에 띄지 마. 이 말하려고 보자고 한 거야."

"술이나 한잔하자."

"술 같은 소리 하네. 연락하지 마라."

"미안하다."

원수는 미안하다고 했다.

"다 필요 없고 꺼져."

언성이 높아졌다.

"우성아… 정말 미안해."

결국 내가 먼저 일어섰다. 오랜 친구가 원수가 되었다.

소매로 눈물을 훔치며 카페를 나섰다.

'씨발, 인생 진짜.'

정수와 재미있게 놀던 어린 시절 장면이 떠오른다. 그 시절에는 무척이나 귀했던 로봇카드를 정수가 나에게 주었었다. 나는 그게 얼마나 벅찼는지 몰라. 얼마나 좋았는지. 나는 그걸 절대 가질 수 없었거든.

우리 나중에 그때처럼 신나게 놀자. 시간이 흐르면 그때처럼 벅차도록 신나게 말이야. 더 나이 들면 가까이에 살면서 밥도 자주 같이 먹고 고기도 구워 먹자고 이 자식아.

제발 이겨 내라. 그래야 나도 이겨 낼 수 있을 거 같거든. 그래야 나중에라도 널 볼 수 있을 거 같아.

나는 걱정보다는 응원하는 편이 좋았다.

다시 일어날 수 있는 친구니까.
나는 너를 도와야 했다.

터널

- 서울생활 23일째

새벽 6시 30분 휴대폰 알람이 울린다. 세수하고 스킨로션을 바르고 머리를 하나로 질끈 묶는다. 대충 옷을 걸쳐 입고 집을 나선다. 옥수역에서 지하철을 타고 노량진역으로 간다. 수업이 시작되기 전, 편의점에서 삼각김밥 두 개와 바나나 우유를 사 먹는다. 국물이라도 먹고 싶지만 선택지는 컵라면 정도이고, 아침부터 컵라면을 먹기엔 속이 거북하다.

학원 수업이 시작된다. 강사들은 어떻게 하면 공무원 시험에 합격할 수 있는지 합격 비법을 전달하기 위해 애쓴다. 합격하는 사람보다 불합격하는 수가 많으므로 합격 비법을 알려 주는 강사들은 밥을 굶지 않는다.

나도 밥을 굶지 않기 위해 점심시간엔 길거리의 포장마차에 가서 컵밥을 사 먹는다. 서울에 와서 스물세 번째 사 먹는 컵밥이다.

오후에 시작된 수업은 18시까지 이어진다. 수업을 마치면 자율학습 시간이다. 그리곤 옥수역으로 돌아온다. 서울에서 회사를 다니는 고향 친구의 집에서 3개월 정도만 머무르기로 했다. 공무원 시험을 치르기 전까지 3개월의 시간이 남은 것이다.

친구는 주로 회식을 하거나 남자 친구를 만나 저녁을 먹고 들어오기 때문에 혼자서 저녁을 챙겨 먹는다. 주로 라면을 끓여 먹는다. 냉장고에 반찬이 있기는 하지만 손이 쉬이 가지 않는다. 어머님이 직접 만드신 반찬들은 친구를 위한 것이니까. 이 집에 당분간 머무르기로 했지만 어디까지 공유해야 하는지, 공유할 수 있는지 어렵기만 했다.

친구는 보통 저녁 아홉 시에서 열 시 사이에 들어와서 화장을 지우고 TV를 켠다. 원룸에서 TV가 켜지면 나는 정신이 흐트러진다. 친구와 함께 TV를 보고 이야기하다가 잠이 든다. 서울에 와서 23일째 반복되는 나의 하루 일과다.

- 서울생활 24일째

새벽 6시 30분 휴대폰 알람이 울린다. 친구가 깰까 봐 급히 알람을 끄자 깊은 한숨이 나온다.

'오늘도 또 반복이겠지.'

세수하고 스킨과 로션을 바른다. 공시생인 나에겐 립스틱 하나도 사치처럼 느껴졌다. 친구의 화장품 선반에 눈길이 간다. 마스카라, 볼터치, 립스틱으로 다채로운 친구의 화장대에 슬쩍 끼어든 나의 스킨, 로션이 비루해 보인다. 머리를 하나로 질끈 묶고 지하철을 타러 간다.

또다. 지하철을 타러 가는 길은 늘 사람으로 붐빈다. 오늘도 또 숨이 막힌다. 앞으로 나아가지 못하고 그 자리에 멍하니 서 버렸다. 뒤에서 사람들이 나를 밀치고 내 앞으로 지나간다. 사람들에 치여 내 의지와 상관없이 걸음이 걸어졌다. 머리가 지끈거린다. 나는 급격히 지쳐 갔다.

노량진역에 도착해 길을 건너기 위해 횡단보도 앞에 섰다. 건너편에도 길을 건너기 위해 한 무리의 사람들이 서 있는 게 보인다. 녹색불이 들어왔지만 발길이 떨어지지 않는다. 그러나 또 떠밀려 횡단보도를 건넌다. 매일 아침으로 때웠던 삼각김밥을 뒤로하고 학원으로 들어간다. 빈속에 신물이 올라온다.

오전 수업이 진행되었다. 강사의 말소리가 웅웅 들려온다. 주변을 둘러본다. 모든 공시생들이 로봇으로 보인다. 강사를 한 번 보고, 노트에 필기를 하고, 또 강사 한 번 보고 필기하고… 저들은 기계다. 점심을 건너 뛰고 책상에 엎드려 있었다.

'여기… 못 있겠어.'

내가 여기서 뭘 하고 있는 건지 모르겠다. 사람이 이렇게 많은데 사람 냄새는 나지 않는다. 살아 있는 것 같지 않았다. 학원이 끝나고 밖으로 나와 무작정 걸었다. 1년도 아니고 고작 3개월이었다. 이것도 못 버티는 건가? 왜 이렇게 나약하기만 할까.

거리의 네온사인들이 요란하게 흔들렸다. 멀미가 나고 역겹다. 택시를 타고 친구의 자취방으로 돌아왔다. 친구는 아직 퇴근하기 전, 일찍 이부자리를 폈다. 잠은 오지 않았다. 친구가 돌아와 방 불을 켰지만 잠든 척 일어나지 않았다. 머리가 터져 버릴 것 같았다.

- 서울생활 25일째

주말이라 늦게까지 잤다. 친구는 남자 친구를 만나러 나갔다. 너는 지금 봄날이구나. 나에게도 봄날이 올까. 짜장면을 시켜 먹었다. 하루 종일 이불에서 뒤척이며 아무 생각 없이 TV를 봤다. 아무것도 하고 싶지 않았다.

- 서울생활 27일째

학원을 가지 않았다. 더 이상 가고 싶지 않았다. 그러면서도 불안해서 집에서 인강을 보며 공부했다. 이런 식이면 굳이 서울에 있지 않아도 된다. 집으로 내려가도 된다. 서울은 바깥으로 한 걸음 내딛기도 무서웠다. 이 도시가 두려웠다.

- 서울생활 31일째

5일 동안 학원을 가지 않고 배달 음식만 시켜 먹었다.

이 집도 답답하고 내가 있을 곳이 없다는 생각에 밖으로 나갔다. 사람이 덜 붐비는 시간이었다. 사람들과 마주치고 싶지 않아 옷깃을 여미고 모자를 눌러 쓴다. 지하철을 타고 의자에 깊숙이 몸을 파묻었다.

여기가 어디지.

양수역에서 하차하여 걷다 보니 '두물머리 산책로'라는 팻말이 보였다. 산책로를 따라 강이 나온다.

'하—아.'

탁 트인 풍경이 시원스러웠다. 이제야 숨이 절로 쉬어졌다. 한참을 강가를 따라 걸었다. 다리가 아파 올 때쯤 카페 하나가 보인다. 이별카페. 그곳으로 들어섰다.

손님이 한 명도 없었다. 나를 숨길 필요가 없어서 좋았다. 처음 카페에 들어올 때부터 나던 향이 마음을 차분하게 해 준다. 좋은 향이었다. 사람 냄새 같은. 벽면 가득 그려진 그림은 언젠가 만화에서 본 캐릭터인가. 다정하게 다가왔다.

다른 쪽 벽면에는 이별노트들이 꽂혀 있었다. 이별노트? 아, 그래서 여기가 이별카페인가 보구나. 내가 여기에 오게 된 이유가 있었던 걸까. 자몽에이드를 주문하고 자리에 앉았다.

사실은 벌써 공시생 4년 차다. 3번째 응시까지는 시골에서 동영상 강의만 들으며 준비했기 때문에 부족한 부분이 많아서 떨어지는 거라고 생각했다. 그래서 이번엔 서울로 직접 와서 강의를 듣기 시작한 것이다. 마지막 3개월만이라도.

아무리 시간이 흘러도 막연한 어둠 속에만 머무는 내 청춘. 꽃이 필 거라는 기대마저 찌들어 가는 내 인생에는 좌절감밖에 느껴지지 않았다. 희망이 없는 집안 형편도 답답하기만 했다.

나는 끝이 없는 안정적인 직업이 필요했다. 공무원이 되어야 우리 집도, 그리고 나도 한숨 돌릴 수 있을 것이었다. 지금보다는 안정되고 보장받은 삶을 기대할 수 있다고 생각했다. 하지만 이제는 조금씩 다른 생각이 들었다.

공무원 시험 준비를 하는 것으로도 이렇게 신물이 나는데, 내가 공무원이 된다고 잘할 수 있을까. 이렇게 서울살이마저 힘들어하는 나약함으로 나는 무얼 잘할 수 있을까. 뾰족한 수가 떠오르지 않았다.

주문한 자몽에이드가 나왔다. 많이 달지 않고 시큼하지도 않고 시원하니 좋았다. 이별노트를 꺼내어 보았다. 여러 장 넘기다가 한 문장에 꽂혔다.

'그게 정답일까.'

그게 정답일까….

먹먹해진 마음에 한순간에 틈이 생긴다.

다시 생각해 보자.

친구에게는 3개월간 머문다고 했다. 아직은 이 도시에서도 시간이 있다. 그 시간 동안 공무원이 나의 길이 맞는지 고민해 볼 수도 있고 다른 것을 찾아볼 수도 있다. 그러다 다시 고향 집으로 내려가도, 공무원 준비를 끝낸 것이지 내 인생이 끝난 건 아니다. 조금만 더 나를 위해 시간을 쓰자. 괜찮다. 다 괜찮다.

시간은 나의 편을 들어줄 것이다.

공무원 시험을 3년이 넘도록 준비해 온 꾸준함으로 다른 것도 충분히 해 볼 수 있지 않을까. 다른 것도 가능하다는 열린 마음이 된 것이 감사하다. 나에게 맞는 답을 다시 생각해 보자는, 이 생각을 할 수 있어서 다행이다. 이별카페에 오기를 잘했다.

이별을 할지 아닐지는 정해지지 않았지만 개운한 마음이 되었다. 이별노트에 글씨를 꾹꾹 눌러쓴다. 오랜만에 미소를 짓는다.

'다시 가슴이 뛴다.'

사람이 이렇게 많은데
사람 냄새는 나지 않는다.

‘그게 정답일까.’

그게 정답일까….

스텝 바이 스텝

싸이월드 시절 글을 올렸다. 블로그가 한창일 때는 블로그에도 글을 올렸다. 나에게는 인생모토나 인생목표 같은 것이어서 페이스북, 인스타그램으로 옮겨 가면서 늘 올렸던 글. 나는 딱! 서른다섯 살까지만 살다가 죽겠다고.

후회 없이 살고 싶었다. 뜨거운 사랑은 하고 싶었지만 결혼은 하지 않을 생각이었다. 아이를 낳아 누군가의 생애를 책임질 일은 하지 않고 살겠다고 말이다. 어린 나이에 객기도 있었고 서른다섯 살이 되기 전에 이미 뭐라도 되어 있을 줄 알았던 것 같다. 아. 나이를 이렇게 빨리 먹을 줄도 몰랐다.

주변에서는 서른다섯 살까지만 살다 죽겠다던 내 말을

기억하며 우려 반 호기심 반으로 묻는다. 이제 어떻게 할 거냐고. 나도 처음에는 별생각 없이 시작했더라도 이제는 진지하게 되물어야 할 때가 된 것이다. 그래. 어떻게 할까.

앞으로 5일 후 내 서른다섯 번째 생일이다.

먼저 온 손님들은 창가 쪽에 있었다. 강아지 한 마리를 품에 꼭 안은 여자아이가 할아버지와 함께 빙수를 먹고 있다. 노인과 여자아이, 강아지 한 마리. 어떤 이별인지 쉽게 상상되지 않았다.

아메리카노를 주문하고 자리를 찾는다. 서너 개의 테이블이 보이고, 창가에 나란히 앉을 수 있는 네 개의 의자가 있다. 한켠에 테이블도 하나, 의자도 하나인 자리가 보인다. 그 자리가 내 자리인 듯싶어 얼른 자리에 앉았다.

서른다섯 살의 생을 마감하기 전에 정리해야 할 것들을 떠올려 본다.

나에게는 아버지가 있다. 나는 외동딸이고 살아계신 부모님은 아버지뿐이다. 아버지는 이제 정년퇴직하시고 등산도 다니고 절에도 다니며 자신만의 삶을 살아가신다. 만일 내가 죽음을 강행한다면 나의 마지막을 지켜줄 사람이 아버지이다. 아버지에게 그런 짐을 남겨야 한다니, 나는 순간 눈을 질끈 감는다. 나의 죽음은 나의 선택일 뿐인데, 바보 같은 아버지가 자신의 잘못 같은 것으로 생각하지 않길.

네다섯 번 정도의 연애를 해 보았지만 결혼 생각이 드는 사람은 다행히 없었다. 꿈꾸었던 만큼 뜨겁지도 않았고. 1년 이상 사귄 적도 없고 짧게는 2개월도 있었다. 사랑으로 행복감을 느끼다가도 끝날 사랑이라고 생각하면 미래의 이별은 눈앞에 성큼 다가와 있었다. 내일의 이별과 오늘의 이별이 다르지 않게 느껴졌다. 길게 만나는 것이 별 의미가 없었고 솔직히 나는 마음이 아니라 몸을 원해왔다.

또 이미 끝을 생각하는 나에게 질려 떠나가기도 했다. 나의 태도는 쉽게 이래도 그만 저래도 그만이라는 것으로 읽혔고 상대방은 자주 허공에 대고 얘기한다고 느꼈다.

또래 친구들은 이제 대부분 결혼해서 아이를 낳아 키우고들 있는데 크게 부럽지 않았다. 나만의 삶으로도 시간이 없었다. 나만을 오롯이 책임지면 되는데도 순간순간 시간이 부족했다. 하고 싶은 것들을 해내기 어려웠다. 그러니 이 삶 어디에 남편이라는 존재가, 이 삶 어디에 아이라는 존재가 들어올 수 있을지 감히 생각하기 어려웠다. 나를 살아내는 것만으로도 벅찬 삶이니까.

내가 감당하기에는 아이는 너무 큰 책임감을 필요로 했다. 왜 스스로 책임이라는 무게를 지워야 하는지 몰랐다. 정말 냉정히 남편은 남의 편, 이라고 생각하더라도 아이는 아닐 것이다. 나는 한 생명의 시작부터 끝까지 관여하게 될 것이다. 물론 연인과의 사랑만을 사랑이라고 한정한다면 지금의 내게는 정리해야 할 사랑도 없었다.

나에게 인간관계가 이렇게 큰 의미가 있었나 싶을 정도로, 사람들이 떠오른다. 이제 볼 수 없기 때문일까.

오래된 친구들은 요즘 잘 만나지 못했다. 친구들은 결혼했거나 육아로 바빠 만나기 어려운 경우가 많았다. 나의 하루가 가볍다고 생각하고 싶지는 않지만 그들은 나에 비하면 무거워 보였다. 아마 책임감의 무게겠지 하고 어렴풋이 가늠해 본다. 나는 선택하지 않은 삶, 용기 있는 그들의 삶을 상상해 보지만, 경험하지 못한 것일 뿐이다. 요즘은 또래 직장 동료 몇 명과 주로 어울렸다.

새로운 사람을 만나는 것은 피곤하기도 하지만 전혀 새로운 기분이 되기도 하므로 도전해 보는 편이다. 이미 익숙해질 대로 익숙해진 집에서도, 한 번도 앉아 본 적 없는 자리에 앉는 것만으로도 시선이 달라지는 게 느껴지니까. 얼마 전 새롭게 스윙댄스 동호회를 시작해서 그 사람들과 어울려 다니며 놀았다. 스텝 스텝 락 스텝.

캠핑도 가고 술도 마시러 다니며 모임을 자주 가졌다. 스윙댄스가 목적이었지만 사실 사람이라는 목적도 있었지 싶다. 이제 다들 친해져서 모임을 더 빠지지 않고 있지만 우습게도 친구 항목 또한 정리가 따로 필요할 것 같지 않다. 깊고 얕게 스쳐 지나갈 뿐이다.

회사생활은 2년 정도 했다. 생각보다 재미는 없었지만 돈벌이는 되었다. 죽지 않고 계속 살면 앞으로 돈을 더 많이 벌 수 있다는 생각에 아쉽기는 했지만 이내 무슨 의미가 있나 싶어졌다. 계속 살아간다면 나는 무슨 일을 하게 될까. 아주 어렸을 때는 이런저런 꿈을, 시도 때도 없이 바뀔 만큼 수많은 꿈을 꾸었었는데…. 직장에서 큰 의미는 찾을 수 없었다.

돈은 얼마 없다. 적금으로 모으고 있는 돈은 아직 300만 원이 채 되지 않았다. 한 달에 야근수당을 제외하고 280만 원 정도를 받는데 2년 정도 회사를 다니면서 모아 둔 돈이 우습게도 한 달 월급 정도였다. 하지만 나는 서른다섯 살까지 살 예정이었으니 굳이 돈을 모아 둘 필요를 느끼지 못했다. 버는 만큼 즐겁게 썼다.

내가 사라지면 지금 살고 있는 집을 누군가는 보게 될 텐데…. 그건 문제로군.

서른다섯 살. 삶을 마감하기로 한 나이. 생각보다 지금까지 한 것도, 소소하더라도 마음에 남는 것도 별로 없었다. 서른다섯까지 살아왔는데도 그랬다. 5일 후면 생일인데도!

아!

맞다.

불현듯 떠오른다. 만으로 따지면 아직 생일이 지나지 않았으니 서른세 살이다. 1년 하고도 5일은 더 있다. 살 날이 더 남았다.

순간 풉, 하고 웃음이 났다.

나 더 살고 싶은가 봐.

그것만으로 충분하지 않을까. 그것만으로도 더 살아갈 가치가 있다. 이별노트를 꺼내 들었다. '서른다섯 살과 이별하고 서른여섯 살을 맞이한다'라고 적고 다른 사람에게 들키지 않게 얼른 노트를 덮었다. 스스로는 내 삶이 서른여섯이라는 것 인정하고 있었다. 그런데도 더 살고 싶다. 과거의 나는 오늘의 나를 상상하지 못했지만 오늘의 나는 분명히 미래의 나를 기대하고 있다.

길었던 소동을 오늘 끝낸다. 이별카페 문을 나서며 갑자기 신이 나 스텝을 밟아 본다.

스텝 스텝 락 스텝.

웃음이 났다.

나 더 살고 싶은가 봐.

그것만으로 충분하지 않을까.

너로밖에 설명할 수 없는 것들

커피는 악마와 같이 검고, 지옥과 같이 뜨겁고, 천사와 같이 순수하고, 키스처럼 달콤하다. _탈레랑

이별카페 문을 열었다. 나의 표정은 서글프고 나의 몸은 물에 젖은 휴지처럼 축축했다. 카운터를 지나 자리를 잡았다. 카페에서 나는 커피향이 너무 달콤하다. 사장님이 가져다준 메뉴판을 보고 나는 시험지를 받아 든 느낌이다. '커피'가 눈에 띈다. 시선을 돌린다. 커피보다 강렬한 인상을 남길 만한… 아. 그런 것은 없다. 달달함이라도 느끼고자 복숭아 아이스티를 주문했는데 색깔이 너와 비슷하네.

커피를 처음 마셔 본 건 아마도 시골 할아버지 댁에 놀러 가서였을 것이다. 원두와 프림, 설탕에 뜨거운 물을 넣

어 녹여 마셨던 아주 뜨거운 커피. 그것이 나의 첫 커피의 맛이었다. 그 이후로 할아버지 집은 미숫가루보다 커피 맛으로 기억되었다.

달달한 맛이 너무 좋았다. 이후에 노란색 믹스커피를 배웠다. 그게 눈에 띌 때면 물을 적게 넣어 두 봉씩 타서 마셨다. 할머니를 따라 한의원이나 내과, 은행에 가면 공짜로 마실 수 있는 믹스커피가 항상 있었고 나는 공짜 커피를 배가 부르도록 실컷 마셨다. 호주머니에 몇 봉 넣어 오기도 했다.

중학교에 올라가서는 편의점에서 파는 차가운 커피를 처음 맛보았다. 그동안 세상에는 따뜻한 커피만 있는 줄 알았는데 차가운 커피도 있었다! 차가운 커피가 입맛에 더 잘 맞았고 나는 커피에 더 빠져들었다.

고2가 되었을 때 내가 받는 용돈은 대부분 캔커피 구입에 썼다. 수업시간에 커피가 없으면 불안했다. 그 당시에 나는 좀 관심종자였는지 이미 다 마신 커피캔을 책상에 줄지어 세워 놓았었다. 왠지 모를 쾌감이 느껴졌다. 관심을 받을 것 같았다. 친구들이 지나가다가 "와 이렇게 많이 마셨어?" 하고 한마디 해 주면 나는 으쓱한 기분이 되었던 것이다.

아침에 등교하기 전 편의점에 들러 서너 개의 캔커피를 종류별로 샀고, 하교할 때는 기분에 따라 홍차를 마시기도 했다. 그날도 여느 날과 다름없이 책상 한 쪽에 빈 커피캔을 쪼르르 세워 놓았었다. 그때 내 자리 옆을 지나가던 문학 선생님이 걱정스러운 목소리로 한 말씀하셨다. 너무 많이 마시는 커피는 도움이 되지 않는다고 마시는 양을 줄여 보라고 하셨다. 그것은 경고 같은 것이었다. 타인이 내게 했던 커피에 대한 첫 번째 경고였다. 관심을 받고 싶었던 것인데 걱정거리가 되어 버리자 커피캔을 버리기로 했다. 마시는 양은 줄이지 않았지만 먹은 흔적은 없앴다.

심장이 두근대고 가슴 한쪽이 찌릿하게 아픈 날들이 있었다. 식은땀을 흘릴 때도 있었고 소화불량과 두통이 잦았다. 그때는 수험생이라 예민한 거라 대수롭지 않게 여겼지만 카페인 중독이라는 진단을 받았다. 병원에서는 커피를 끊어 보라고 했고, 카페인이 들어간 음료의 음용도 줄이자고 했다.

나는 그게 어떻게 하는 것인지 상상이 되지 않았고 또 그렇게까지 하고 싶지도 않았다. 카페인 중독이 심각하게 느껴지지 않았고 커피를 끊을 자신도 없어서 그 후로는 병원을 찾지 않았다. 그래도 커피 양을 줄이려고 노력했다. 그것만으로도 전보다는 낫겠지 하고.

대학에 들어가니 카페에 갈 일이 많아졌다. 대학 동기나 선배들과 만나면 자연스럽게 카페에 가게 되었고 카페에 가지 않더라도 커피를 테이크 아웃해서 캠퍼스에서 함께 마시곤 했다. 너무 자연스러운 일이었다.

커피도 그렇지만 함께 커피 마시는 시간을 포기하고 싶지 않았달까. 그 시간에 사람들과 함께 있지 못하면 안 될 것 같은 기분도 들었다. 애써 두려움을 덮어 두었지만 속이 자주 쓰렸다. 육체적으로는 힘들었고 자주 내 삶이 불안해졌다.

두려워서 숨겨 두었던 판도라의 상자를 열기로 결심했다. 단단히 마음먹고 종합검진을 받았다. 위궤양 소견이 있었고 함께 정신과 진료를 받아 볼 것을 권유받았다. 예상치 못했던 결과였다. 내 증상은 식은땀이 나고 손이 가끔 저리고 저혈압에 잠이 오지 않는다는 것이다. 그런데 왜 정신과에 가야 하지. 오히려 내 몸에 다른 이상이 없다는 것이 놀랍기도 했다.

망설이다가 찾아간 정신과에서도 나에게 카페인 중독이라고 말했다. 카페인을 줄이는 정도로는 안 되고 끊어야 한다고 했다. 끊지 않으면 손 떨림도 불면증도 식욕부진도 모두 치료되지 않는다고 했다. 눈앞이 아찔했다. 천천히 오래 누렸어도 좋았을 텐데 너무 욕심을 부렸던 걸까.

내 커피잔 속에 위안이 있다. _빌리 조엘

이별할 때 꼭 와 보고 싶었던 곳이 이곳 이별카페다. 그 대상이 커피가 될 줄은 몰랐다. 이제 이틀째 카페인 없이 지냈다. 무기력하고 멍하고 기분 탓인지 기운도 없다. 이번 한 번만이라도, 마지막으로 딱 한 번만 커피를 마셔 볼까 하는 생각이 피어올랐다.

지난 이틀 동안만 하더라도 커피 광고가 어찌나 많이 나오고 드라마 촬영지는 왜 다 카페인지, TV마저 볼 수 없었다. 그래서 오늘은 밖으로 나왔다. 가는 거리 거리마다 카페 일색이었다. 갈증이 너무 나서 편의점에 들어가 생수 한 병을 벌컥벌컥 들이마셨더니 생수 옆 칸에는 커피가 종류별로 진열되어 있었다. 어? 새로운 커피가 나왔네? 하지만 이제는 안 된다. 그렇게 생각하며 터덜터덜 이별카페를 찾아왔다.

책장에 빼곡히 꽂힌 책들 중에 최근 날짜가 적힌 걸 하나 꺼내 든다. 나도 커피와 이별하며 나만의 의식을 치르고 싶었다. 이 노트에 글을 쓰는 게 의식이라면 의식이었다. 이 노트에 커피와의 이별은 없을 것이다. 이렇게 커피와 이별하는 사람은 이 세상에 나밖에 없을지도 모른다. 커피와의 이별은 어떻게 보면 우습다. 그러나 지난 나의 인생들은 커피로밖에 설명할 수 없는 것들이 있다.

나는 그게 어떻게 하는 것인지 상상이 되지 않았고
또 그렇게까지 하고 싶지도 않았다.

옛날 캬라멜

비보다. 나의 절친 민영이가 가장 좋아하는 '옛날 캬라멜'이 단종된다는 소식이다. 편의점이나 마트를 가면 언제부터인가 옛날 캬라멜이 잘 보이지 않았다. 15년 전부터 먹었던 캬라멜인데 구하기가 너무 어려워지자 담당자에게 전화해 보았다. 해당 제품은 더 이상 만들지 않는다는 이야기를 들었다. 이미 생산된 것만 판매되고 단종이라는 것이다.

민영이는 망설이지 않고 길을 나섰다. 편의점이나 마트에서는 구할 수 없었다. 동네의 작은 슈퍼마켓이나 문구점 불량식품 코너를 몇 군데 찾아가 여섯 개들이 캬라멜 열두 통을 구했다. 나도 민영이의 '캬라멜 원정대'에 동참하여 이곳저곳을 함께 돌아다녔다.

'이 세상 마지막 캬라멜을 먹는다'라는 큰 사명감을 가지고 민영이는 캬라멜을 하나 꺼내어 먹을 때마다 마음 깊이 작별을 고했다. 아낀다고 아껴 먹었지만 결국 한 통, 그러니까 여섯 개밖에 남지 않은 날이 찾아왔다. 난 그녀의 캬라멜 사랑을 알기 때문에 하나 달라는 말도 하지 않았고 민영이와 캬라멜의 마지막을 지지해 주기로 했다.

다음은 민영이가 전해 준 '옛날 캬라멜'과의 마지막 이야기다.

민영이는 동네에 있는 이별카페를 찾았다. 왠지 마지막은 아메리카노와 함께 먹으면 궁합이 맞을 것 같았다고 한다.

***

'옛날 캬라멜'은 분유 맛이 났다. 나는 모유를 먹지 못하고 컸다. 그래서 분유 맛에 끌리는 걸까. 캬라멜에서는 어릴 적 향수가 묻어났다. 어릴 적 느낌을 상상할 수 있었다. 그 안에 크런치 같은 것들이 들어 있어서 씹는 맛이 재미있었다.

어렸을 때는 용돈이 500원이었다. 캬라멜은 300원이어서, 한 번 사 먹은 다음에는 다시 용돈을 받을 때까지 남은 돈을 잘 모아 두어야 했다. 그때는 캬라멜은 많았지만 용돈이 적어서 많이 사 먹지 못했다. 지금과는 반대다. 지금은 돈은 있지만 캬라멜이 없어서 살 수가 없다.

학교에서 보물 찾기를 하면 1등, 2등 상품으로 공책과 연필 등 좋은 학용품을 줬지만 난 3등을 뽑기 위해 노력했다. 3등 상품이 과자선물세트였는데 그 안에 옛날 캬라멜이 있었기 때문이다. 동네 문방구점에 가서 3등 상품으로 탄 과자를 주인아저씨에게 주고 옛날 캬라멜과 바꾸어 먹은 적도 있었다.

캬라멜을 꼭꼭 씹어 먹고 천천히 녹여 먹는 동안 눈을 감고 그 맛을 헤아리면 나에게만은 지상낙원이 따로 없었다. 직장 동료들에게도 그 맛을 알려 주고 싶어 캬라멜을 예찬하곤 했지만 다들 뜨뜻미지근한 반응이었다. 그래도 상관없었다. 캬라멜을 예찬하는 것만으로도 그 순간엔 기분이 좋아졌다.

이별카페는 나의 집에서 5분 거리다. 커피 맛이 좋다고 익히 들어왔지만 '이별'이라는 단어가 들어가서 나와는 어울리지 않는다는 생각에 한 번도 찾지 않은 곳이다. 그런데 마지막 캬라멜에는 아메리카노가 필요할 것 같았다. 오늘 이곳에서 여섯 개 남은 마지막 캬라멜을 다 먹고 이별하고 가리라. 다짐했다.

아메리카노가 나왔다. 캬라멜 포장을 벗겨서 하나씩 먹기 시작했다. 갑자기 서글퍼졌다. 피규어 같은 다른 상품들은 유통기한이 없어서 단종되어도 오래도록 보관할 수 있는데 캬라멜은 유통기한이 있어서 영구 보관은 불가능했다. 차라리 한 통은 먹지 않고 포장 그대로 보관하는 게 나았을까. 세 개 남은 것 중 하나의 포장을 벗겨서 먹었다. 별안간 이 맛을 혼자 마무리 짓는다는 게 슬퍼졌다. 이제 두 개 남았다. 어떻게 하지….

시야에 카페 사장님이 들어왔다. 그래! 하나는 사장님 주고, 하나는 내가 마무리 지어야지.

"사장님, 죄송한데요, 부탁 하나 드려도 될까요?"

"네, 말씀하세요."

"이거 제가 제일 좋아하는 캬라멜인데 단종되어서 더 이상 나오지 않아요. 이제 딱! 두 개 남았는데 혼자서 먹기

아까워서요. 누구라도 같이 이 맛을 기억해 주었으면 좋겠어요. 실례가 안 된다면 하나 먹어 주시면 안 될까요?"

"네, 그러죠."

사장님은 흔쾌히 캬라멜 하나를 받아들었다. 이제 하나 남았다. 카페 사장님과 함께 동시에 포장을 벗겨서 입안에 넣었다. 안녕. 안녕.

"어, 맛있네요! 그런데 이거 얼마 전에 수입과자점 갔을 때 일본에서 나온 캬라멜이랑 맛이 똑같은데요?"

"네?! 정말요?"

아… 아닐 거야. 아냐 …혹시라도.

"그 수입과자점이 어디예요?"

"명일역 사거리에 있는 수입과자점이요."

"감사합니다. 정말로 감사합니다."

자리로 돌아가 이별노트를 책장에 다시 가지런히 꽂는다. 옛날 캬라멜은 이제 세상에 없지만 같은 맛을 내는 캬라멜이 존재한다면 우리의 추억은 이어질 수 있다.

"안녕히 계세요."

급히 미주에게 전화를 했다.

"미주야! 옛날 캬라멜 맛과 똑같은 캬라멜이 있대!"

***

신이 난 민영이에게 연락이 왔다.

"어머, 진짜? 어디야? 어디에 있대?"

캬라멜과의 이별을 진지하게 생각하는 모습도 너무 귀여웠는데 비슷한 제품이 있다는 소식에 이렇게 신나서 이야기하다니 정말 사랑스럽다. 민영이를 보고 있으면 나도 같이 들뜬다.

쳇바퀴 밖으로 한 발

스트라이프 남방, 흰색 스키니 바지, 베이지색 트렌치코트, 하이힐, 선글라스, 핑크색 토트백. 그리고 기내용 캐리어를 들었다. 촌티가 좀 벗겨졌으려나. 캐리어를 드르륵 드르륵 끌고 카페 안으로 들어선다.

나는 양수리에서 나고 자랐다. 유치원과 초중고 모두 양수리 소재에 있는 곳으로 다녔다. 대학교는 서울에 있는 곳으로 진학했지만 양수리 집에서 통학을 했다. 직장은 서울 종로에 있는 광고 회사를 8년 동안 다녔다. 물론 출퇴근은 양수리에서 했다. 앞마당이 있는 독채라고 하면 사람들은 전원주택을 상상하지만, 그들이 상상하는 그런 집은 아니다. 아주 허름한 옛날 집으로 누구를 초대하기도 민망

한 집이었다.

어렸을 때는 물가도 가깝고 산도 가까워서 동네방네 뛰어다니며 놀았고, 골목대장 노릇을 하고 다녔었다. 그때는 즐겁기만 했는데. 나의 세계는 계속 커지고 있는 것에 비해 동네는 여전히 작고 좁은 시골이라 이곳은 너무 갑갑했다.

시골집에서 일어나 서울로 출근을 했고 야근을 밥 먹듯이 했으며 고단한 몸을 이끌고 다시 시골집으로 돌아오면 하루가 저물어 갔다. 평생을 살고 있는 낡은 이 집처럼 내 인생도 낡아 가고 있었다. 생기라는 것이 전혀 없는 삶. 변화를 만들고 싶었다. 회사생활은 고단함 그 이상도 이하도 아니었다. 3년 전 퇴사한 선배는 회사를 그만두면 제주도로 가서 게스트하우스를 차린다고 했었다. 그 선배는 잘 살고 있을까.

시골집에는 갖가지 벌레들로 풍성했다. 밤마다 들리는 산속 고라니 소리도 지겨웠다. 마치 여자 비명소리 같은 그 소리를 들을 때마다 신경질이 났다. 아무 선택권 없이 엄마 아빠를 따라서 농사일을 해야 하는 것도 너무 고된 일이었다. 뜨거운 뙤약볕 아래에서 일하는 순간에는 육체도 정신도 모두 포기하고 싶어지기도 했다. 1년 농사를 망치기라도 하면 한숨을 달고 사는 가족들에게 내가 뭐라도 해야 할 것 같아 마음이 편하지 않았다.

용기 내서 전화를 걸었다. 선배의 목소리에는 나에게는 없는 기운이 묻어났고 내가 존경해 마지않던 예전의 선배가 고스란히 느껴졌다.

"선배, 요새 어떻게 지내요?"

"나야, 바쁘게 지내지."

"선배, 혹시 일손 필요하지 않아요?"

"왜? 생각 있어?"

선배는 돌려 말하지 않았다. 집도 회사도 지루하기만 한 내 삶에 한 줄기 빛을 찾은 느낌이었다. 하지만 빛이 아니어도 된다. 지금과 다르기만 하면 된다. 쳇바퀴 밖으로 한 발 내디딜 수만 있으면 된다. 내일도 10년 후에도 오늘과 다르지 않을까 봐 겁이 났다.

선배는 자기와 함께 지내면 월급벌이까지는 안 되더라도 용돈벌이 정도는 할 수 있다고 했다. 그 사이 선배는 2층짜리 게스트하우스를 운영하고 있고 그 옆에 작은 카페를 차렸다. 제주도를 버라이어티하게 즐기고픈 여행자들을 위한 모임 활동도 몇 개 하고 있다고 했다. 게스트하우스 손님과 동호회 사람들이 함께 모여 활동을 하는데 일을 벌려 놓은 게 많아서 내가 온다면 마침 잘 됐다는 말을 듣고 기뻤다. 마침 잘 됐다. 내가 어딘가 쓸모 있어진 기분이다.

사직서를 냈다.

제주도로 내려간다는 말에 엄마는 탐탁잖아 하셨다. 어째서 잘 다니던 직장 그만두고 결혼할 나이에 제주도로 내려간다고 하니. 왜 이렇게 말괄량이짓을 하니.

엄마는 왜 이런 시골로 나를 데려왔을까. 자연에서 한껏 뛰어다니며 노는 건 좋았지만 갈증은 해소되지 않았다. 그런데도 엄마는 힘들면 다시 돌아오라고 했다.

이별카페에서 아메리카노를 한 잔 시킨다. 저 사장님은 여기 삶이 좋을까. 커피에서는 진한 초콜릿 맛이 났다. 이것이 양수리의 마지막 맛이다.

책장에 꽂혀 있는 이별노트를 꺼냈다. 내 고향, 양수리와 이별한다. 떠나는 게 슬프지 않기에 슬픈 감정으로 노트를 펼치지 않았다. 펜을 들고 편안한 마음으로 노트에 노랫말을 적었다.

떠나요 둘이서—
모든 걸 훌훌 버리고—
제주도 푸른 밤 그 별 아래.

둘은 아니지만,
내가 갈게. 새로운 삶으로 내가 갈게.

평생을 살고 있는 낡은 이 집처럼
내 인생도 낡아 가고 있었다.
생기라는 것이 전혀 없는 삶.

빛이 아니어도 된다.

지금과 다르기만 하면 된다.

쳇바퀴 밖으로 한 발 내디딜 수만 있으면 된다.

내가 온다면 마침 잘 됐다는 말을 듣고 기뻤다.
마침 잘 됐다. 내가 어딘가 쓸모 있어진 기분이다.

단상

카페에서 차를 마시며 기다린다. 봄을 기다리고 당신을 기다리고 무엇을 기다린다. 다음을 기다린다. 저녁이 되었다. 그리고 마침내… 이별이 왔다.

이별카페, 그 카페

내 이름은 서보성, 31살 남자이고 이별카페 사장이다. 오전 7시 30분 이른 시간에 카페 문을 연다. 카페 주변의 쓰레기를 줍고 테라스에 있는 의자와 파라솔을 정리한다. 카페 안으로 들어와 조명과 카운터 포스를 켜고 새로운 하루에 시동을 건다. 노래와 커피머신을 틀고 주변을 닦는다.

아침에 카페를 오픈하면 제일 먼저 하는 일들이다. 늘 하는 보통의 일이지만, 오늘은 특별하다. 오늘은 내가 이별카페와 이별하는 날이다.

카페를 운영하기 전에는 동물 사육사 일을 했었다. 어느 날 어미 코끼리가 새끼를 낳는 과정에서 무지개 다리를 건넜고 아기 코끼리 '점보'는 사육사의 보호 아래 컸다. 나는 점보를 비롯한 여러 동물들 사육을 맡았었는데 점보를 특히 아꼈다. 부족함이 없도록 돌보기 위해 애썼다.

그러나 3년 정도 살았을까. 점보는 사람에게 스트레스를 너무 많이 받아서 자기 어미 곁으로 떠나갔다. 그렇게 갑자기 찾아온 점보와의 이별은 생각보다 더 견디기 어렵고 미안했다. 동물을 사랑한다는 마음으로 했던 일들이 동물에게 상처를 주고 있던 것이 아니었을까 생각하니 더 이상 이 직업을 끌고 가기 어려웠다.

그리고 어느 날 생각했다. 이별을 돕는 일을 하고 싶다. 이별을 위한 일을 하고 싶다고 말이다. 이별은 늘 익숙해지지 않는 것이니까, 우리는 늘 그 이별에 서툴러서 당해오기만 했으니까. 그래서 이별카페를 차리게 되었다.

이별카페를 준비하며 아는 스님에게 부탁해서 좋은 향을 얻어 왔다. 사람의 마음을 편안하게 해 주는 향으로 카페에 아침 점심 저녁으로 하루 세 번 은은하게 향을 피웠다. 복숭아 향 같으면서도 새벽녘 절간이 생각나는 이 향을 맡으면 카페를 찾는 이들의 마음이 조금은 이완될 수 있으리라 생각했다.

심리치료 미술을 공부한 여동생에게 벽면의 그림을 부탁했다. 끝말잇기 놀이를 하듯이 그림을 서로 주고받으며 드로잉을 이어 작품을 완성하는 '생각 잇기 드로잉'은 보는 사람에 따라 해석하는 방법이 제각각이다. 이 작품을 통해 사람들은 자기의 상황에 따라 그림을 다르게 볼 것이고 무언가 생각하게 될 것이다. 그리고 분명히 어떤 위로를 받게 될 것이다.

이별노트는 처음에는 두꺼운 노트 한 권으로 만들었는데 그 무게감을 덜어 주고 싶어 월별로 나누기 시작했다. 찾는 이도 많아졌다. 글을 쓰는 이도, 노트를 읽으려는 이도 많아져서 노트는 하루하루 늘어났다. 얼마 지나지 않아 책장을 만들었고 그 안에는 이별로 채워졌다. 이별노트의 첫 글은 내가 점보와 헤어지며 쓴 편지였다. 그 편지 하나에 이어 수많은 이별들이 기록되었다. 각자의 이별들이 모두 함께 있었다.

음악은 클래식 음악과 가사가 없거나 잘 들리지 않는 영화음악, 인디밴드 음악을 자주 틀었다. 생각이나 이별에 방해가 될 만한 음악은 틀지 않았다. 이별카페만의 소소하지만 특별한 음악 리스트를 만들 수 있었다.

그리고 이별카페에는 무료로 주는 타르트가 있었다. 이별하러 혼자 찾아온 분들에게 뭐라도 먹여서 보내고 싶어서 시작한 일이었다. 혼자가 아니라고. 위로가 되는 달콤함을 전해 주고 싶어서 타르트를 만들었다. 계절별 제철에 맞는 과일을 얹어 과일 타르트를 만들고 머랭쿠키도 만들었다. 손님에게 한번 내 간 타르트 접시는 항상 남김없이 빈 접시로 돌아왔다. 기분은 별거 아닌 거에도 쉽게 좋아지기도 하니까, 손님들이 조금은 개운해졌다고 믿고 싶었다.

물론 커피에도 정성을 쏟았다. 다른 곳에서는 일부러 쓰지 않는 진한 초콜릿 향이 나는 원두를 썼다. 그리고 정말 한 잔 한 잔 정성을 다해 커피를 만들었다. 그것이 다시 나에게는 속죄가 되기도 하고 위안이 되기도 했다.

이별카페를 하며 이별의 종류가 이렇게 많다는 것을, 이별에 대처하는 모습들이 이렇게 다르다는 것을 알아 갔다. 우리는 모두 이별에 서툴다. 이 공간에서 조금이나마 상처가 아니라 공감을, 그리고 위로를 받기를 기대했다. 시간이 걸리더라도 우리는 행복해지기를. 이별의 상처가 아물어 더 단단해지기를.

오늘 카페는 문을 닫는다. 언제 어디선가 내가 다시 카페를 한다면 그 카페는, '언제 어디서나 훌훌 털고 다시 시작할 수 있는 카페'일 거라는 생각이 든다. 그때는 새로운 시작과 사랑의 장소로 거듭나기를 바라며 카페를 차릴 예정이다.

이별카페를 회상하고 다시 그 카페를 찾을 수 있게끔 이름은 '그 카페'라고 지을 예정이다. 새로운 사람들이 시작을 위해 오는 것도 환영하지만 이별카페를 찾았던 사람들이 다시 시작하며 찾아와 주기를 바란다. 잘 지내고 있다고 말해 주기를.

'비록 길지 않은 시간이었지만 그동안 수고했다. 나의 마지막 20대를 이별카페에서 보냈다. 여기에 녹아들어 더 단단한 명검이 될 시간을 보냈다고 생각해. 아직 너의 검은 만들어지지 않았어. 아주 단단해지길 응원해.

이곳에 찾아온 사람들 모두의 시간들을 나 또한 잊지 못할 거야.'

이별노트에 썼다. 카페에 마지막 손님은 바로 나다. 빈 카페에 앉아 금방 뽑아낸 아메리카노를 한 잔을 마시며 수많은 시간들에 대해서 생각한다.

이별카페는 이제 문을 닫습니다.

'아디오스.'

이별노트를 읽고 있는 당신은 지금 어떤 사람입니까?

작가의 말

20대 때 나의 멘토는 한비야 작가였다. 《지도 밖으로 행군하라》라는 책에서 한비야 작가는 '어제의 나보다 오늘의 내가 나아가는 것이 진정한 나아감'이라고 했다. 나는 너무 멋있는 말이라고 생각했고 그 말처럼 되기 위해 애썼다. 늘 발전하기 위해 노력했고 하나라도 더 배우고자 노력했다. 이력서나 자기소개서를 쓸 때면 입사 후 포부에 늘 그렇게 밝히곤 했다. 진정으로 나아가는 사람이 되겠다고.

어느 날 그런 삶이 힘에 부치기 시작했다. 조금 멈추면 안 될까. 조금 게으르면 안 되나. 멈추지도 게으르지도 못하면서 그렇다고 썩 나아가지 못하는 내 모습이 초라하고 불안했다.

30대가 되고 나서 나의 멘토는 헐크였다. 평상시에는 일상적인 삶을 살다가 내 힘이 필요로 하는 순간, 내가 나서야 하는 순간, 헐크로 변해 힘이 배가 되는 삶. 그런 삶을 원했다. 평범한 존재이지만, 내면에는 어마무시한 힘을 가지고 있는 사람. 평상시에는 힘을 빼고 살지만 힘을 주어야 할 때 힘을 줄 수 있는 사람이 되기를 바랐다. 그렇게 생각하니 내가 사는 삶이 조금은 편안해졌다. 나는 그런 특별한 능력을 가지고 살아가고 있다.

내 힘이 발휘되는 순간은 잘 맞는 책을 읽을 때, 그에 대한 서평을 쓸 때, 내 생각을 글로 쓸 때 나온다. 겉모습은 변하지 않지만 내면에서는 거대한 힘을 얻고 사람들에게 위안이 되는 글을 쓰고자 한다. 세상에 내놓는 이 첫 책을 기회로 많은 사람에게 글로 위안을 주는 사람이 되고 싶다.

'수고했어, 오늘도'라는 옥상달빛의 곡이 있다. 처음 그 곡을 듣고 음악이 주는 힘이란 것을 느꼈다. 긴장은 내려놓고 퇴근 후 시원한 바람을 맞으며 즐기는 캔맥주 하나가 생각났다. 처음 그 곡을 접하기까지는 오래 걸렸지만, 그 후로는 저녁 무렵 퇴근길을 걸으며 늘 듣곤 했다. 이를 테면 인생의 배경음악이라 할 수 있다.

그만큼 동감했고 나뿐만 아니라 많은 사람들에게도 위안이 된 곡이다. 위안뿐만 아니라 곡을 잘 들어 보면 '늘 응원해, 수고했어 오늘도' 하고 응원까지 해 준다. 한 곡으로 위안도 삼고 응원도 얻었다. 그렇게 내일을 살아가는 힘을 얻는다. 우리는 또 어떤 것으로 위로받고 위안받을 수 있을까.

2014년 공황장애가 발현된 후 현재까지 공황장애를 극복해 나가고 있다. 서울에서 살면서 대학원을 다니고 직장생활을 10년 정도 했을 무렵, 공황장애를 치유하기 위해 경기도 양평 두물머리라는 마을로 이사하게 되었다. 도시에 살기는 너무 퍽퍽했고 불안하고 힘들었다. 시골보다 도시생활이 더 좋다는 사람들도 있고 나 또한 편의시설이 가까이 있는 도시의 좋은 점을 익히 알고 있으나 나를 치유하기에는 적절하지 않았다. 도시에서 조금 벗어나 시골의 흙을 직접 밟고 싶었다.

그러다가 한 카페를 만났다. 처음에는 단순히 커피 맛과 카페 분위기가 좋아서 찾게 된 곳에서 좋은 향이 나고 좋은 음악이 흐른다는 것을 알 수 있었다. 시골 마을에 있는 카페가 권태롭기 쉽다고 생각했는데 이 카페는 그렇지가 않았다.

카페 사장님도 시골 마을에서는 보기 어려운 내 또래 젊은 청년이었다. 하루에 한 번씩 카페에 가서 차를 마시는 시간을 가졌는데 희한하게 누군가는 울고 또 누군가는 슬퍼하는 모습을 자주 보게 되었다. 본의 아니게 카페에서 이별하는 모습도 자주 발견하게 되었다. 카페 사장님에게 물어보니 본인도 이해하기 어렵지만 이별하러 오는 사람이 많다고 했다.

그곳에서 많은 이별을 보았다. 연인들이 이별하는 모습, 부부로 보이는 사람들의 헤어지는 모습. 아이와 부모로 보이는 사람들도 헤어짐을 위해 카페를 찾았다. 주변에 멋진 강이 흐르고 도시에서 비교적 가까운 외곽이라서 관광객들이 많다는 건 이해되었지만 헤어지러 오는 사람들도 많은 줄은 몰랐다. 그 속에서 글의 소재를 찾게 되었다.

이별이 과연 슬프기만 할까. 이별은 사랑하는 연인과의 이별밖에 없을까. 이별에 대해서 끊임없이 생각했다. 이별은 나에게만 오는 것이 아니라는 것을, 누구나 혼자가 될 수 있다는 것을 깨달았다. 그리고 나 스스로와 이별하려고 했던 내 모습을 걷어 내고 나를 용서했다. 그 카페 안에서 작은 위안을 받았다. 많은 사람들의 이별에서 용기를 얻었다.

그리고 이제 이야기를 나누고 싶다. 누구나 이별을 하지만 우리는 이별에 서툴다. 그러나 서툰 이별을 함께 나누는 것으로 작은 위안을 얻을 수 있길 바란다. 그 마음을 이 책으로 말미암아 조금이라도 전할 수 있기를.

책이 나오기까지 많은 영감을 준 카페 사장님에게 감사함을 전한다. 외동딸, 한부모 가족이라는 이름에서 벗어나 최은주라는 이름으로 살 수 있도록 도와준 유일한 내 가족에게 감사함을 전한다. 여러 가지 이유들로 사람들이 돌아설 때에도 덤덤하고 치열하게 응원해 준 내 지인들에게도 고마움을 느낀다. 다시 한번 숨 쉬고 눈 뜰 수 있게 도와준 자연의 경이로움에도 감사함을 전한다. 어제와 이별하고 오늘과 이별을 앞둔 우리지만 그 많은 이별 속에서 함께 살아가는 모든 사람들을 열띠게 응원하고 싶다.

최은주

우리는 이별에 서툴러서

1판 1쇄 발행 2018년 10월 01일

1판 2쇄 발행 2019년 6월 10일

지은이 · 최은주

발행인 · 주연지

편집인 · 석창진

편집 · 최소라

디자인 · 김서영

북트레일러 · 사이클론

펴낸곳 · 몽실북스

출판신고 · 2015년 5월 20일 (제2015 - 000025호)

주소 · 서울 관악구 난향7길52

전화 · 02-592-8969 / 팩스 · 02-6008-8970

전자우편 · mongsilbooks_kr@naver.com

네이버 포스트 · post.naver.com/mongsilbooks_kr

인스타그램 · instagram.com/mongsilbooks

ISBN 979-11-89178-01-7 (03810)

• 이 도서의 국립중앙도서관 출판예정도서목록(CIP)은 서지정보유통지원시스템 홈페이지(http://seoji.nl.go.kr)와 국가자료공동목록시스템(http://www.nl.go.kr/kolisnet)에서 이용하실 수 있습니다.(CIP제어번호: CIP2018029068)

• 잘못된 책은 구입하신 서점에서 바꿔드립니다.

• 책값은 뒤표지에 있습니다.